Vorträge für die Loge

Dem Gedenken unseres Bruders Hans-Viktor Schneider
gewidmet

Hans Viktor Schneider
03. November 1917 bis 29. Mai 2011

Wolfgang Glauche

Vorträge für die Loge

Band 2

www.dodona-loge.de

Bibliografische Information der Deutschen Nationalbibliothek
Die Deutsche Nationalbibliothek verzeichnet diese Publikation in der
Deutschen Nationalbibliografie; detaillierte bibliografische Daten sind
im Internet über http://dnb.d-nb.de abrufbar.

© 2012 Wolfgang Glauche
Satz, Umschlaggestaltung, Herstellung und Verlag:
BoD™ – Books on Demand, Norderstedt
ISBN 978-3-8448-2409-4

Inhalt

Vorwort

Als mich die Gunst der Vorsehung zum Deutschen Druiden-Orden (V.A.O.D.) und damit in die Dodona-Loge Zu den Sieben Sternen führte, war Hans-Viktor Schneider schon seit Jahrzehnten mit Leib und Seele Ordensbruder. Er gehörte zu den Männern, die mich, auf mein Beitrittsgesuch hin, in den Druiden-Orden aufnahmen und mir vom ersten Tage an das Gefühl gaben, nicht nur aufgenommen, sondern auch angenommen zu sein.

Der Orden, die Loge und seine Mitbrüder waren für Hans-Viktor Schneider ein unverzichtbarer Bestandteil seines Lebens.

Bis zuletzt beteiligte er sich aktiv am Logenleben. In den letzten Wochen seines Lebens verfasste er noch Vorträge, die zu Gespräch und Diskussion anregen sollten. Eine seiner letzten Ausarbeitungen, die in der Loge vorzutragen ihm selbst nicht mehr vergönnt war, habe ich meinen Vorträgen vorangestellt.

Er bringt darin seine Dankbarkeit zum Ausdruck, gegenüber einem oftmals beschwerlichen, letztlich aber gütigen Schicksal, das ihm ein langes und erfülltes Leben gewährte.

Aber auch den Menschen, die ihn umgaben und umsorgten spricht er seinen von Herzen kommenden Dank aus.

Behalten wir unseren Bruder Hans-Viktor Schneider als einen Mann im Gedächtnis, dessen gelebtes Beispiel uns Ansporn sein soll, den druidischen Weg unbeirrt weiter zu gehen.

Berlin-Nikolassee im Dezember 2011

Wolfgang Glauche

Gedanken zum Gefühl »Dankbar zu sein«!

Vortrag von Bruder Hans-Viktor Schneider

Dankbar zu sein, ist eine Kunst, die uns schwer fällt!

Wenn das einzige Gebet, das du während deines ganzen Lebens sprichst, ‚Danke' heißt, würde das genügen.

Seit ich diesen Satz des bedeutenden Theologen und Philosophen Meister Eckhart (1260 – 1328) gelesen habe, will mir das Thema Dankbarkeit nicht mehr aus dem Kopf gehen.

Wie oft empfinde ich eigentlich Dankbarkeit – meiner Familie, dem Leben gegenüber – für all das Gute, das mir widerfährt?
Klar ist man entsetzt oder stinksauer, wenn mal etwas nicht klappt. Aber ist man dankbar wenn etwas gut läuft? – Warum wird der Dankbarkeit eine solch große Bedeutung beigemessen – wo doch der Begriff nur unbedeutend zwischen stillem Empfinden und strategischer Finesse beheimatet ist?

Denkende Menschen haben entdeckt, dass dankbare Menschen zufriedener, ausgeglichener und gesünder sind. Dabei erleben sie die gleichen Enttäuschungen, Rückschläge und Krisen wie alle anderen. Auch wenn sie ein dickes Problem haben, sind sie noch dankbar für die schönen Dinge in ihrem Leben. Denn das Gefühl der Dankbarkeit schützt uns vor Pessimismus und Resignation. Dankbarkeit schenkt uns nach Niederlagen neue Zuversicht und bewahrt uns davor, zu verbittern.

Dankbarkeit ist das einzige Gefühl, das uns sagt: Es ist gut, so wie es ist. Es ist ein Gefühl, das nicht nach mehr Geld, nach mehr Wohlstand fragt, nicht nach Karriere oder Abwechselung. Doch dankbar zu sein, ist eine Kunst, die mancher erst lernen muss.

Wir leben in einer Gesellschaft, die die Selbstverständlichkeit zur Maxime erhoben hat. Selbstverständlich müssen Züge pünktlich sein, müssen die Lehrer den Kindern Bildung auf höchstem Niveau mitgeben, müssen Ärzte unsere Krankheiten wegzaubern, müssen Politiker richtig entscheiden. – Darauf haben wir einen Anspruch.
Dankbarkeit ist in Deutschland aus diesen Gründen aus der Mode gekommen.

Dankbarkeit kann das Leben verändern. Dankbarkeit lässt sich trainieren, denn das Geheimnis liegt darin, dass sie in jedem von uns steckt, wenn auch im Verborgenen.

Wir sollten lernen, mehr nach innen zu schauen – mit offenen Augen und mit offenem Herzen. Dann kann uns das Gefühl der Dankbarkeit überall begegnen.

Dem, der einem lieben Menschen in die Augen schaut und nicht durch den Tag eilt, der den kleinen Geschenken des Alltags seine Aufmerksamkeit widmet, dem offenbart sie sich – die Dankbarkeit.

Pflegen wir daher das Gefühl der Dankbarkeit!

Vom Opfer sein

Vortrag von Bruder Wolfgang Glauche

Ein Opfer zu sein, war in der bisherigen Menschheitsgeschichte stets die unerfreulichste und schmerzlichste Rolle, die man spielen konnte.

Unzählige Beispiele belegen, dass Menschen die überfallen und ausgeraubt wurden, ihr Leben lang an den Folgen zu tragen hatten. Oftmals bedeutete ein solches Missgeschick sogar das wirtschaftliche Ende. Ähnlich erging es den Menschen, denen das Haus abbrannte, bei denen der Blitz einschlug, die von Krieg und Plünderung oder von Krankheiten und Seuchen heimgesucht wurden. Hilfe gab es für sie meist nicht. Entweder fehlte es an den Hilfsmitteln oder an den Helfern, oder am Geld um beides zu bezahlen.

Die Opfer saßen meist allein da mit ihrem Elend und hatten sich mit dem Verlust an Hab und Gut und dem erlittenen Schaden an Leib und Leben abzufinden.

Die Welt hat sich aber gewandelt. Der Fortschritt schreitet unaufhaltsam fort und scheint das Leben schöner und komfortabler gemacht zu haben, jedenfalls für den, der die Zeichen der Zeit richtig zu deuten in der Lage ist.

Eine wesentliche Errungenschaft des Fortschritts ist die Erfindung der Versicherung. Sie ist zwar nicht in der Lage ein Unglück zu verhindern, sie verhindert aber die verheerenden wirtschaftlichen Folgen, weil andere für den Schaden haftbar gemacht werden.

Erdacht wurden die ersten Versicherungen von Händlern und Kaufleuten früher Kulturen in Mesopotamien. Sie schlossen sich zusammen, um gemeinsam die Gefahren und Risiken auf den ungeschützten Handelswegen zu tragen.

11

Inzwischen gibt es kaum noch ein Geschehen oder einen Lebensumstand gegen dessen nachteilige Folgen man sich nicht versichern kann.

So kann ich mich versichern gegen Hagelschlag, gegen Feuer, gegen Sturm, gegen Haarausfall, gegen schlechtes Wetter am Urlaubsort, gegen Verlust des Reisegepäcks.

Sind Hund oder Pferd krank, so ist das auch kein Problem, denn auch dafür gibt es die richtige Police.

Unser Wunsch nach einem Vollkasko-Leben ist derweilen so weit gediehen, dass wir auch solche Risiken versichern, die keine sind, weil sie sich nicht vermeiden lassen; gemeint sind damit: Alter, Krankheit, Leiden, Tod.

Versicherungstechnisch erkennt man sie an ihrem Namen. Diese »todsicheren Risiken« werden nicht nach der Gefahr benannt, sondern nach dem Zustand, der bewahrt werden soll.

Es wird daher nicht von der Kranken- sondern von der Gesundheitskasse gesprochen.

Eine Versicherung, die beim Tode des Versicherten fällig wird, nennt man, diesem Gedanken folgend, kurzerhand Lebensversicherung und nicht etwa Todesversicherung.

Eine Erfindung Bismarcks aus dem letzten Drittel des 19. Jahrhunderts – der deutsche Sozialstaat – hat den Versicherungsgedanken in alle Bevölkerungsschichten und in alle Lebensbereiche hinein populär gemacht.

Revolutionen, Systembrüche und politische Wendemanöver haben ihm nicht schaden können.

Nach dem Zusammenbruch von 1945 ging es mit einem bloßen Namenswechsel weiter.

Was vorher Volksgemeinschaft hieß, lebte als Versichertengemeinschaft weiter.

Aber, es ging nicht nur weiter, es ging auch immer besser

weiter. Die Wohltaten streuende Staatsgewalt hat immer noch mehr versprochen und auch ausgeteilt, um dem Risiko auch den letzten Rest von Bedrohlichkeit zu nehmen.

Ein bisschen Eigennutz war natürlich auch stets dabei. Für diese Fürsorge wollte und will man ja schließlich wiedergewählt werden.

Der Opferstatus wurde so immer attraktiver.

Es entstand die Devise:

»Wer Opfer ist, braucht keins zu erbringen«.

Aus Opfern werden Anspruchsberechtigte, die unter Hinweis auf ihr Opfersein andere zum Opfer verpflichten können.

Ein schönes Beispiel bietet hier die gesetzliche Rentenversicherung. Bis zum Anfang der 50´er Jahre des 20. Jahrhunderts versicherte man mit seinen Beiträgen das eigene Risiko; dann wurde per Gesetz auf das so genannte Umlageverfahren umgestellt.

Nicht mehr die gezahlten Beiträge, sondern das Einkommensniveau der Beitragszahler wurde fortan maßgeblich für die Rentenhöhe.

Das Ergebnis sehen wir heute.

Mit Beiträgen sind die Ansprüche nicht mehr zu befriedigen, weil die Beitragskassen restlos leer sind.

Um die Rentenversprechen nur annähernd halten zu können, werden jetzt die Steuerzahler in die Pflicht genommen, also die Gesellschaft.

Dass der Opferstatus sehr attraktiv, ja schon fast eine Lust geworden ist, hat sich bei allen Opfern schnell herumgesprochen.

Sie haben sich zu Opfergruppen, Opfergemeinschaften und ganzen Opfervölkern zusammengeschlossen.

Ganz nebenbei haben sie einen neuen Berufsstand installiert: den Opferanwalt.

Ohne solventen Täter, sprich Anspruchsgegner, wird der allerdings nicht tätig werden.

Die Gemeinschaft der Opfer braucht daher den Gemeinschaftstäter, der auch binnen kurzem in der Gesellschaft gefunden wurde.

Die Gesellschaft wird für alles verantwortlich gemacht. Sie ist der Anspruchsgegner schlechthin, der Adressat für alle, die sich, egal in welcher Weise, benachteiligt, zurückgesetzt oder in sonst einer Art schlecht behandelt oder diskriminiert fühlen.

Die potentiellen Opfer fluchen also nicht etwa dem ungnädigen Schicksal, denn das zahlt grundsätzlich nicht; sie hadern auch nicht mit Gott, denn der entschädigt bestenfalls im Himmel; sie halten sich an die Gesellschaft, denn die zahlt im Diesseits, da muss man nur ein wenig mit der moralischen Keule drohen.

Die ungleiche Verteilung von Glück und Unglück, von Wissen und Können, von Schönheit, Begabung und Erfolg ist nach Ansicht der Opferanwälte eine aus Dummheit erdachte und in böser Absicht immer wieder verbreitete Legende.

Das dies so ist bedarf aus ihrer Sicht keines Beweises.

Für die Opferanwälte zerfällt die Gesellschaft in eine Vielzahl von Opfern.

Da gibt es die, denen Gesundheit verweigert wird; die, denen Arbeit vorenthalten wird und die, denen Bildung nicht gewährt wird; um nur einige zu nennen.

Und es gibt natürlich die wenigen Täter, die das so arrangieren, weil _sie_ es so wollen.

Eine Folge von Unterschieden ist demnach das Unglück dieser Welt, und diese Unterschiede sind das Werk der Gesellschaft.

»Man ist nicht behindert, man wird behindert!« Mit diesem sinnigen Spruch wollten die Lobbyisten der Behindertenverbände Stimmung für ihre Sache machen.

Viele Interessengemeinschaften, die sich zu Sachwaltern von Opfern gemacht haben und schon aus Gewohnheit die Gesellschaft verklagen, haben diesen Slogan als Vorlage genommen und vielfach kopiert.

Das ganze ist ein Gesellschaftsspiel, bei dem es um mehr geht als Geld, obwohl der Einsatz auf beiden Seiten sehr hoch ist.

In diesem Spiel geht es um die Chance als hilfsbedürftig wahrgenommen zu werden.

Dem Sieger winken Anerkennung, Lohn und die Meinungsführerschaft im Handel mit Gefühlen.

Wer es schafft, sich der Öffentlichkeit als hilfsbedürftig, entrechtet, übervorteilt oder ausgegrenzt darzustellen hat spätestens dann gewonnen, wenn er es schafft zu vermitteln, dass alle Welt daran die Schuld trägt.

Die Junkies haben es verstanden, sich so darzustellen, die Raucher nicht. Dabei können doch letztere durchaus auch einen Opferstatus beanspruchen.

Das mag daran liegen, dass sich in den Medien Schlagzeilen über leblos in Bahnhofstoiletten aufgefundene Junkies nun mal besser verkaufen, als undramatische Berichte über Raucher, die klaglos ihrem Broterwerb nachgehen und nebenbei auch noch Steuern zahlen, die an anderer Stelle mit großer Geste wieder ausgegeben werden.

Die Folgen der Anerkennung als Opfer oder Nicht-Opfer

sind erheblich. Für die Junkies steuersubventionierte Druck-räume, in denen ihnen der Stoff kostenlos zur Verfügung gestellt wird.

Für die Raucher Steuern, Lokalverbote und staatlich geför-derte Demütigungen.

Übrigens, der erste aktenkundig in Europa verfolgte Rau-cher war ein Spanier, er hieß Rodrigo de Jerez. Er war einer der Seeleute, die mit Christoph Columbus 1492 nach der Neuen Welt segelten. Dort lernte er das Rauchen kennen und lieben.

Als er nach Spanien zurückkam, wurde er von der Inquisi-tion verhaftet und verdächtigt mit dem Teufel im Bunde zu sein, weil er Zigarrenrauch ausstieß.

Er saß übrigens noch immer im Kerker, als das Rauchen schon lange Eingang in die feine adelige Gesellschaft ge-funden hatte, die dann das Privileg des Tabakrauchens für sich allein beanspruchte. Eine Forderung der Revolution von 1848 war daher, die Freiheit des Rauchens in der Öf-fentlichkeit jedem Bürger ohne Ansehen der Person zu gestatten.

Es ist nie ganz klar, wer wohin gehört. Täter und Opfer können ihre Plätze nicht nur verlassen; es ist auch möglich, die Plätze zu tauschen. Ein, wenn auch noch nicht abge-schlossenes Beispiel hierfür lieferte unter dem Decknamen Mehmet, ein junger in München aufgewachsener Türke. Seine enorme Zahl von Straftaten aller Art bescheinigte ihm nicht nur eine besonders ausgeprägte kriminelle Energie. Es schien auch klar, dass nur die Täterrolle passend wäre.

Trotzdem posierte er jahrelang als Opfer.

Seine Taten machten ihn nicht unbedingt sympathisch und sorgten dafür, dass man ihm aus dem Weg ging. Auf seine

Freundschaft verzichtete man lieber und Arbeit fand er nicht.

Verantwortlich wurde aber nicht etwa Mehmet gemacht, sondern die Stadt, das Land, die Umwelt, die Behörden und wie die anonymen Ersatztäter sonst noch so heißen können.

Als die Rechtsmittel ausgeschöpft waren und Mehmet in die Türkei abgeschoben worden war, begann eine Reihe von Gut – und Bessermenschen dafür zu werben, den jungen Mann so bald wie möglich in seine Wahlheimat München zurückkehren zu lassen - als Opfer natürlich.

Ein Beispiel für den vollkommenen Rollentausch liefert der Fall des Magnus Gäfgen. Er durfte als Täter nicht nur die Opferrolle spielen; ein Opfer bekam auch die Täterrolle zugewiesen.

Gäfgen hatte einen 12-Jährigen Bankierssohn entführt, um ein hohes Lösegeld zu erpressen. Der Junge kam dabei uns Leben.

Als Gäfgen sich weigerte, das Versteck des Kindes preiszugeben, wurde er unter Druck gesetzt.

Dieser Umstand war ausreichend, um aus dem Täter ein Opfer zu machen.

Der Polizeipräsident, der das verschärfte Vorgehen angeordnet hatte, wurde zum Täter degradiert, während Gäfgen zum Opfer geadelt wurde.

Ein perfekterer Rollentausch ist kaum vorstellbar.

Der Täter Gäfgen sieht sich dadurch in seiner Opferrolle bestätigt und klagt nunmehr munter durch alle Instanzen: Auf wessen Kosten wohl?

Die Quintessenz der Rollentheorie lautet:

»Die Wirklichkeit ist gar nicht wirklich«.

Sie ist eine sprachliche Konstruktion, die wir nach unseren Vorstellungen gestalten, biegen oder verdrehen können. Der Schlüssel hierzu liegt in unserem Vermögen die Macht der Sprache einzusetzen. Diese liefert die Begriffe, die bei Bedarf die eine Wirklichkeit durch eine andere ersetzen können.

Reden wir doch einfach nicht mehr von Kriminellen, sondern von Kriminalisierten; schon gibt es keine Verbrecher mehr. Kleinere Diebstähle werden seit einiger Zeit nicht mehr als Straftaten gewertet, sondern als Ordnungswidrigkeiten. Das Ergebnis: Eigentumsdelikte sind erheblich zurückgegangen und damit die Kriminalitätsrate.

Ist man nicht mehr behindert, sondern wird behindert, hängt es vom guten Willen der Gesellschaft ab, ob die Behinderung verschwindet.

Sagen wir nicht mehr Zuwanderer sondern Bürger mit Migrationshintergrund, haben wir uns schon das leidige Ausländerproblem vom Hals geschafft.

So lautet jedenfalls das Versprechen der Protagonisten der politisch korrekten Sprachhygiene.

Zu unserem großen Leidwesen versprechen sie aber mehr als sie halten können.

Das große Geheimnis, welches die Sozialwissenschaftler mit Forschungsaufgaben und die Sozialbehörden mit Arbeit versorgt, bleibt auf diese Art natürlich ungelüftet.

Wie kann eine Gesellschaft, die mehrheitlich aus Opfern besteht, zum Täter werden?

Frauen, Jugendliche ohne Schulabschluss, Migranten, Pflegebedürftige, Kriegsflüchtlinge, Depressive, Nichtraucher, Alte, Linkshänder, Trans- Bi- und Homosexuelle und wie die Gruppen noch so heißen können: man kann hinblicken wo man will, nur noch Opfer.

Als erstes wird das Kind zum Opfer, weil es von seinem drogensüchtigen Vater zu Tode gequält wurde.

Das zweite Opfer ist der Vater selbst, weil der ohne seine tägliche Dosis Heroin oder Kokain nicht auskam.

Als drittes Opfer tritt das Jugendamt auf den Plan, weil es mit den regelmäßigen Kontrollen überfordert war.

Das gleiche Schicksal ereilt den Arzt, der eine falsche Diagnose stellte und zum Schluss muss der zuständige Minister oder Senator seinen Hut nehmen, weil er seiner Aufgabe nicht gewachsen war.

Alle sind Opfer und alle sind anspruchsberechtigt.

Das Opfersein ist in unserer Gesellschaft zu einem äußerst erfolgreichen Geschäftsmodell avanciert, das bei geschickter Handhabung enorme Gewinne abwerfen kann.

Im Jahr 2010 machten in den Medien Berichte von gewalttätigen Übergriffen und sexuellem Missbrauch von Lehrern und Erziehern an Schülern von Internaten und kirchlichen Einrichtungen Schlagzeilen. Nachdem die ersten Berichte erschienen waren, meldete sich eine immer größer werdende Zahl von Missbrauchsopfern.

Alle Anschuldigungen haben eines gemein; sie beziehen sich auf einen Zeitraum, der mehrere Jahrzehnte zurückliegt. Sie sind entweder gerichtlich nicht mehr verfolgbar, weil verjährt, oder die mutmaßlichen Täter weilen nicht mehr unter den Lebenden.

Ist es Zufall, dass solche Übergriffe erst nach so langer Zeit öffentlich gemacht werden?

Unter Drohungen mit der moralischen Keule wurden dann

Forderungen auf Entschädigungszahlungen in erheblicher Höhe gestellt, über die derzeit noch verhandelt wird.

Man muss kein Prophet sein, um zu sagen, dass nennenswerte Geldbeträge fließen werden.

Die Frage die man sich stellen muss ist dabei aber die: Wird so der Rechtsfriede wirklich gewahrt oder wird hier Gewinnmaximierung betrieben?

Es ist eine der großen Dummheiten, wenn Menschen glauben, eindeutig unterscheiden zu können zwischen: Gut und Böse, Schwarz und Weiß, Oben und Unten, Rechts und Links.

Täter und Opfer lassen sich nur sehr selten so unzweideutig voneinander trennen, ganz gewiss am allerwenigsten, wenn man sie in Gruppen aufteilt und aufeinander losgehen lässt.

Meist sind die Menschen beides zugleich, Täter und Opfer. Vielleicht ist das auch gut so, denn alles andere würde sie fanatisch, unerträglich und selbstgerecht machen.

Literaturhinweis:

Frankfurter Allgemeine Sonntagszeitung / 12. April 2009, Nr. 15
»Alle wollen Opfer sein«, von Konrad Adam

Gesprächsführung Teil I

Vortrag von Bruder Wolfgang Glauche

In unserem Leben, im privaten wie im beruflichen Bereich, kommt es maßgeblich darauf an, vernünftige, d.h. positive Kontakte herzustellen. Dabei ist es nicht zwingend, dass der höhere Intelligenzgrad den Erfolg bringt.

Entscheidend ist, ob man die Grundlagen einer erfolgreichen Gesprächsführung beherrscht.

Es gibt Naturtalente, die unbewusst das richtige Verhalten und das richtige Argument an passender Stelle anwenden. Durch das Bewusstmachen dieser intuitiven Vorgänge wird es auch anderen Menschen möglich, ähnliche Erfolge wie diese Naturtalente zu erzielen.

Wer bewusst einige Grundelemente und Gesetzmäßigkeiten der Gesprächsführung beherzigt, ist viel eher in der Lage zu überzeugen und sich in seiner Umwelt durchzusetzen.

Das ist natürlich kein Garantieschein, aber es hilft, die Zahl erfolgreich geführter Gespräche zu erhöhen.

Um Kontakt zu unserem potentiellen Gesprächspartner herzustellen, muss dessen Interessenlage berührt werden.

Die Interessenlage eines Menschen lässt sich in zwei Bereichen berühren, im sachlichen und im persönlichen Bereich.

Daraus ergibt sich eine Summe von Kontakten.

Diese Menge an Kontakten sagt aber noch nichts darüber aus, ob es sich um positive oder um negative Kontakte handelt.

Wir können einen Menschen nämlich positiv berühren, aber auch negativ.

Für eine erfolgreiche Übereinkunft ist es aber unerlässlich, eine möglichst große Zahl positiver Kontakte herzustellen. Dabei kann es natürlich passieren, dass man, indem man seinem Gesprächspartner etwas Nettes sagen will, um seine Interessenlage positiv zu berühren, genau das Gegenteil erreicht.

Beispiel:

»Herr Krause, Sie fahren da ja ein wirklich tolles Auto!«

Antwort:

»So, finden Sie? Diese Karre ist ein echtes Montagsauto! Eine Reparatur jagt die andere!«

Hier wurde ungewollt die Interessenlage negativ berührt. Es gibt nämlich Bereiche die wir nicht abschätzen können, weil uns von unserem Gegenüber nicht genug bekannt ist.

Es gibt im persönlichen, wie auch im sachlichen Bereich eine weitere Möglichkeit die Interessenlage positiv zu berühren, also Kontakt herzustellen.

Beginnen wir im persönlichen Bereich:

Wir alle wollen etwas gelten, etwas sein, ob wir es nun zugeben oder nicht. Wir wollen wichtig genommen werden und ringen darum, in unserer Umwelt geachtet und beachtet zu werden.

Wenn jetzt vielleicht einer sagt: Ich habe meinem Gegenüber noch nie ein unfreundliches Wort gesagt, mag das stimmen.

Aber drücken wir unsere Gedanken nur mit Worten aus?

Unsere Augen und Hände sind auch Ausdrucksmittel unserer Gedanken.

Durch Bewegungen, Mimik und Körperhaltung drücken wir unbewusst Empfindungen aus, die unser Gesprächspartner genauso unbewusst wahrnimmt.

Der Mensch hat sich in seiner Millionen Jahre dauernden Entwicklung aus Herdentieren entwickelt.

Er konnte sich zwar schon mit seiner Umwelt verständigen, hatte aber noch nicht unsere heutige differenzierte Sprache.

Er drückte sich eher in primitiver Weise aus, etwa so, wie es heute im Tierreich üblich ist.

Hunde wedeln mit dem Schwanz, ziehen knurrend die Lefzen hoch, bellen, etc.

Die Tiere wenden also eine primitive Signalsprache an.

Diese Signalsprache verwendeten auch unsere Ahnen. Bei uns heutigen Menschen sind davon nur noch Reste erhalten.

Das hat zur Folge, dass wir auf zwei Ebenen zu unserem Gesprächspartner Kontakt aufnehmen. Wir geben unbewusst und unkontrolliert durch unsere Körpersprache Signale über unsere Empfindungen ab.

Wir sind in diesem Bereich sehr ehrlich, denn wir sprechen eine dem tierischen Verhalten ähnliche Signalsprache.

Diese Signale werden gegeben durch Mimik, Gestik, Haltung Sprechgebaren und Stimme.

Unser Gegenüber versteht diese Signale sehr genau, auch wenn er sich über ihre Bedeutung nicht gleich im Klaren ist.

Andererseits sprechen unsere Worte. Die sind aber längst nicht so ehrlich, denn wir lassen sie durch unsere innere Zensur laufen.

Auch einem Homo Unsympathikus gegenüber werden wir in der Wortwahl meist höflich bleiben.

Was aber sagt unsere Signalsprache und wie wird uns auf dieser Ebene geantwortet?

Diese Signalsprache entscheidet über die Wirkung eines Menschen auf seine Umwelt.

Verstehen wir diese Signalsprache verstandesmäßig zu erfassen, sie zu beherrschen und richtig anzuwenden, sind wir in der Lage, eines der wichtigsten Instrumente erfolgreicher Gesprächsführung zu nutzen.

Um auch mit unsympathischen Menschen ein positives Gespräch führen zu können, ist es hilfreich, an ihnen etwas Angenehmes zu finden; vielleicht die Nasenspitze, die Kinnspitze oder die Krawattennadel.

Gelingt uns das nicht, wird uns unsere unbewusste Signalsprache bald verraten.

Was gehört zur Signalsprache?

Zu nennen sind da:

Der Augenkontakt

Was uns interessiert, was uns wichtig ist, dem wenden wir unsere Aufmerksamkeit zu. Ihm gilt unser ungeteiltes Interesse.

Wenn wir unseren Gesprächspartner offen anschauen, geben wir ihm das Gefühl, für uns wichtig zu sein.

Sehen wir ihn nicht an, werten wir ihn ab, denn wir vermitteln ihm das Gefühl, für uns uninteressant zu sein.

Schon bei der Begrüßung ist der Augenkontakt sehr wichtig.

Eine leichte Verneigung ist dabei durchaus in Ordnung, nicht aber, wenn dabei der Blick zu Boden gesenkt wird. Das erweckt den Eindruck, dass die Begrüßung nur der Pflicht halber erfolgt, man aber eigentlich seine Ruhe haben möchte.

Der Augenkontakt wird immer dann vermieden, wenn man zu einem anderen Menschen Abstand halten möchte.

Ein gutes Beispiel für dieses Verhalten kann man regelmäßig in Fahrstühlen beobachten.

Die Benutzer stehen zwangsläufig dicht beieinander und sind bestrebt, starr an einander vorbeizuschauen.

Auf jeden Fall während des Sprechens, sollte der Gegenüber angeschaut werden. Damit bringt man zum Ausdruck: Deine Ausführungen interessieren mich.

Sieht man seinen Gesprächspartner nur aus den Augenwinkeln an, wirkt das auf ihn aggressiv, denn die Botschaft an ihn lautet:

Du bist für mich zwar nicht interessant, aber vorsichtshalber behalte ich dich im Auge.

Man sagt deshalb auch: «Jemand scheel ansehen.«

Besonders verletzend für den Gesprächspartner ist es, wenn man, während des Gesprächs seine Aufmerksamkeit anderen Dingen zuwendet.

Man gibt ihm, salopp gesagt, damit zu verstehen, dass man den Sack Reis, der gerade in China umgefallen ist, für weit wichtiger hält als seine Rede.

Der Augenkontakt ist aber auch deshalb wichtig, weil man so feststellen kann, wie die eigenen Ausführungen bei dem Anderen ankommen. Man kann sofort umschalten, wenn Formulierungen und Argumente nicht den gewünschten Erfolg haben.

Die gleiche Ebene

Auf gleicher Ebene findet man zu seinem Gesprächspartner am schnellsten Kontakt.

Das gilt im wörtlichen wie im übertragenen Sinne.

Ein Gesprächspartner sitzt, der andere steht; Kontaktschwierigkeiten werden nicht ausbleiben.

Das gleiche geschieht, wenn ein extrem Großer sich mit einem extrem Kleinen unterhält.

Die gleiche Ebene hat aber auch große Bedeutung in Bezug auf das Niveau der Persönlichkeit.

Man muss sich daher in Formulierungen, Beispielen und Vokabular auf das Niveau des Gesprächspartners einstellen.

Spricht man beispielsweise mit einem Fabrikarbeiter, sollten in den Beispielen und Argumenten nicht ständig Spitzenmanager und Generaldirektoren vorkommen.

Das gilt natürlich auch umgekehrt.

Genauso wichtig ist es aber auch, dass das geistige Niveau des Gesprächspartners nicht über- oder unterfordert wird.

Der Idealfall ist, wenn man erreicht, dem Gegenüber als »Mensch wie Du und ich« zu erscheinen.

Das ist allerdings nicht identisch mit der Kumpeltour.

Die günstigste Entfernung zum Gesprächspartner

Kontakt und Entfernung zum Gesprächspartner korrespondieren miteinander.

Bei gutem Kontakt verringert man die Entfernung, bei schlechtem sucht man die Distanz zu vergrößern.

Versucht man durch Zunahetreten den Kontakt zum Gesprächspartner zu erzwingen, wird man erleben, dass dieser auf totale Abwehr geht, denn er fühlt sich in seiner Interessenlage negativ berührt.

Es gibt Menschen, die als »Knopfabdreher« berüchtigt sind.

Die Distanz kann auch dann überschritten werden, wenn man am Tisch sitzend, dem Gesprächspartner über den Tisch »entgegen robbt«.

Am Sinnvollsten ist es, den Gesprächspartner die Distanz selbst wählen zu lassen.

Die Mimik

Ein unfreundlicher Gesichtsausdruck wird als Ablehnung der Person empfunden.

Der freundliche Ausdruck hingegen signalisiert Zustimmung und Bejahung der Person.

Das heißt jedoch nicht, dass man sein Gegenüber permanent angrinsen muss.

Ein zustimmender, freundlicher Gesichtsausdruck ist grundsätzlich aber immer richtig. Es heißt schließlich auch:

»Wer nicht freundlich dreinschauen kann, ist nicht gut angezogen!«

Die Gestik

Bewegung ist eines unserer stärksten Ausdrucksmittel. Wohl jeder hat schon erlebt, dass man sich allein durch Gestik bis zu einem bestimmten Grad auch ohne Worte verständigen kann.

Im Gespräch soll sie dazu beitragen, die Wirkung unserer Worte zu unterstreichen.

Die Gestik wird verstärkt dann eingesetzt, wenn wir uns nicht mehr in der Lage sehen, allein mit Worten etwas zu beschreiben.

Sie wird meist intuitiv angewandt, bei überlegter und gekonnter Argumentation aber auch ganz bewusst.

Die Gestik der Hände und Arme

Werden die Handflächen dem Gegenüber von unten nach oben entgegengehalten wirkt sich das auf den Kontakt in jedem Fall positiv aus.

Dieses Anheben der Handflächen deutet etwas Aufbauendes, etwas Emporhebendes an.

Anders ist es, wenn dem Gesprächspartner die Handflächen entgegen gestreckt werden, die Handwurzel dabei nach unten und die Finger nach oben. Wir drücken damit Distanzierung, möglicher Weise auch den Beginn einer schlagenden Bewegung aus.

Senken wir die Hände dabei noch ab, kann das den Wunsch nach Beendigung ausdrücken.

In jedem Fall versteht unser Gegenüber diese Bewegung als Abwinken oder Ablehnung.

Wenden wir unserem Gesprächspartner die Handrücken zu, wird das als symbolische Grenzziehung empfunden. Man distanziert sich so von seinem Gesprächspartner.

Das Zumachen oder Verschließen

Hat man zu einem Menschen keinen guten Kontakt, verschließt man sich ihm gegenüber.

In der Signalsprache drückt man das dadurch aus, dass man die Hände vor den Körper hält.

Sitzt man am Tisch und hält eine Hand mit der anderen, lässt das auf eine unbewusste Abwehr gegen den Gesprächspartner schließen. Beobachtet man sich selbst im Gespräch mit einem Partner zu dem der Kontakt nicht gut ist, wird man feststellen, dass dies wirklich so ist.

Die Gestik des Abdeckens

Stellen wir uns folgende Szene vor:

Zwei Jugendliche albern miteinander herum und einer der beiden macht die Geste des Zuschlagens, ohne den anderen zu berühren.

Was tut der andere? Er reißt sofort die Arme hoch, um seinen Oberkörper zu schützen.

Wenn wir Angst haben, versuchen wir instinktiv unsere

»weiche Stelle«, nämlich die Gegend um den Magen herum, abzudecken.

Man kann vielfach beobachten, dass ein Mensch, der unsicher oder befangen ist, seine Aktentasche wie einen Schutzschild vor den Körper hält.

Das passiert besonders häufig, wenn Menschen erstmals in einer neuen Umgebung sind. Der Mensch fühlt sich dann unsicher und hat das Bedürfnis nach einem Schutzschild.

Das Verschränken der Arme gegenüber einem Gesprächspartner symbolisiert genau diesen Schutzschild.

Der erhobene Zeigefinger

Mit dem erhobenen Zeigefinger zeigt man an, dass man das jetzt Gesagte für besonders wichtig und beachtenswert erachtet.

Diese Geste wird auch dann gebraucht, wenn den Worten der nötige Nachdruck verliehen werden soll.

Wird mit dem erhobenen Zeigefinger dem Gesprächspartner noch der Handrücken gezeigt, drückt diese Geste zusätzlich eine Drohung aus.

Die Turnierlanze

Im Mittelalter versuchten die Ritter bei Turnieren, ihre Gegner mit der eingelegten Lanze aus dem Sattel zu werfen.

Verhandlungen und Gespräche erfordern auch manchmal ein gewisses Maß an Kampfgeist und Aggressivität.

Lanzen werden dabei allerdings nicht verwendet.

Man arbeitete aber zeitweilig mit dem die Lanze symbolisch ersetzenden Zeigefinger.

Seit das Hinzeigen mit dem Finger verpönt ist, benutzt man als »Turnierlanze« einen Kugelschreiber oder Bleistift.

Dem Gegenüber wird so signalisiert: »Jetzt reite ich Attacke gegen dich!«

Die Oberflächenvergrößerung

Von einem Menschen der angibt sagt man: »Der bläst sich mächtig auf!«

Oberflächenvergrößerung gilt als Imponiergehabe.

Andere sollen dadurch beeindruckt werden. Das Bild ist dann folgendes:

Brust heraus, Kopf hoch, das Kreuz ist durchgedrückt. Die Hände werden in die Hüften gestemmt und die Ellenbogen dabei angewinkelt.

Dieses Verhalten lässt sich auch im Tierreich sehr gut beobachten, etwa wenn ein Hund sein Fell sträubt, eine Katze einen Buckel macht oder ein Pfau ein Rad schlägt.

Wenn man Gelegenheit hat, ein Gespräch zwischen einem besonders großen und einem besonders kleinen Menschen zu beobachten, wird man feststellen, dass der Kleine seine Oberfläche deutlich zu vergrößern sucht. Er wächst förmlich.

Dieses Imponiergehabe ist meist mit aggressivem Verhalten verbunden.

Im Sitzen erfolgt die Oberflächenvergrößerung durch ruckartiges Durchdrücken des Kreuzes.

Die Oberflächenverkleinerung

Haben wir Angst oder sind wir unserem Gesprächspartner unterlegen, neigen wir dazu, uns zu verkleinern. Wir sinken dann in uns zusammen. Redewendungen wie: »Er macht sich dünne!« oder »Ich hätte mich am liebsten in einem Mauseloch verkrochen!« zeichnen genau dieses Bedürfnis nach.

Bei Tieren kann man dieses Phänomen ebenfalls sehr gut beobachten.

Stellen wir uns die vorhin genannten extrem unterschiedlichen Gesprächspartner noch einmal vor. Schaut man genau hin, so wird man feststellen, dass der Große in leicht zusammengesunkener Haltung dem Kleinen gegenüber sitzt.

Er möchte den Kleinen nämlich nicht über Gebühr reizen.

Durch Oberflächenverkleinerung will man so wenig Angriffsfläche bieten wie möglich.

Auch servile Haltung dient diesem Ziel ebenso wie das schräge Halten des Kopfes.

Die Gestik der Beine

Das Wippen mit Beinen und Füßen wird von jedem Gesprächspartner als ausgesprochen kontaktstörend empfunden.

Ein solches Verhalten drückt Ungeduld aus und hat in der Zeichensprache die Bedeutung:

»Für mich ist das Gespräch zu Ende. Ich sitze nur noch aus Anstand hier!«

Die Stimme

Mit unserer Stimme drücken wir unsere Stimmung aus.

Mit ihr können wir unseren Gesprächspartner positiv oder auch negativ beeinflussen, ihn sogar in gewisser Weise lenken.

Die Stimme ist die Melodie der Sprache.

Es ist bekannt, dass Melodien unser Verhalten auch beim Einkaufen und beim Arbeiten beeinflussen können.

Auch Tiere reagieren stark auf die Stimme. Spricht man mit ruhiger freundlicher Stimme zu ihnen, reagieren sie anders, als wenn man sie laut und aufgeregt anspricht.

Für ein Gespräch ist es sehr nachteilig, wenn jemand monoton spricht. Der Gegenüber wird eingeschläfert und schaltet bald ab.

Die Stimmlage

Das Anheben der Stimme drückt vorwiegend Erregung oder Freude aus. Wird die Stimme abgesenkt, lässt dass auf Ruhe, Trauer oder auf den Wunsch nach Beendigung des Gespräches schließen.

Sagt jemand: »Guten Morgen Herr Schmidt!« und hebt dabei den Namen in der Tonhöhe etwas an, merkt man dem Sprecher die Freude über das Zusammentreffen an.

Ist ihm dieses Zusammentreffen aber nicht willkommen, wird er den Namen aus der Normallage wahrscheinlich absenken. Unbewusst deutet er damit an, dass er das Gespräch am liebsten schon beendet hätte, bevor es begann.

Mit dem Absenken der Stimme wird nicht nur der Wunsch nach Beendigung des Gesprächs ausgedrückt sondern auch Verärgerung. Auch wenn ein Gesprächspartner über ein Thema nicht sprechen möchte, wenn man ungewollt ein Tabu berührt hat oder er über unsere Formulierung verärgert ist, wird er die Stimme absenken.

Die Lautstärke

Lautes Sprechen wirkt aggressiv. Es stellt bildlich gesprochen eine zusätzliche Oberflächenvergrößerung dar.

Lautes Singen, Sprechen oder Pfeifen dient mitunter aber auch dazu, sich selbst Mut zu machen; etwa wenn jemand nachts allein durch den Wald geht.

Zu lautes Sprechen führt dazu, dass die Akzentuierung, also die Deutlichkeit der Aussprache verloren geht.

Zu leises Sprechen wirkt wiederum Schüchtern.

Spricht man hingegen kurzfristig leiser, erhöht man die Aufmerksamkeit seines Gegenüber.

Es vermittelt zudem den Eindruck, dass man etwas besonders Wichtiges und Geheimnisvolles zu sagen hat.

Aus den genannten Gründen sollte man vor einem Höhepunkt im Gespräch möglichst etwas leiser werden.

Das Sprechtempo

Es gibt Menschen, die stoßen die Worte schneller aus als ein Maschinengewehr schießen kann. Das geschieht meist bei Zeitdruck, und ist auch contraproduktiv.

Kein Zuhörer macht da lange mit; er wird bald abschalten.

Je schwieriger ein Thema ist, umso weniger dürfen wir einen Gesprächspartner mit einem Wortschwall überschütten.

Zudem wird hastiges schnelles Sprechen vielfach als Unsicherheit verstanden.

Langsames gleichmäßiges Sprechen wirkt hingegen nervenaufreibend und bringt den Gesprächspartner oftmals dazu, den angefangenen Satz selbst zu beenden.

Bei langsamem Sprechen wird zwar Wort für Wort verstanden, der Sinn des Ganzen geht aber verloren.

Das Sprechtempo wird von der Schnelligkeit der Aussprache bestimmt und von den, zwischen den Worten, gemachten Pausen.

Die Pausen sind es, die Spannung ins Gespräch bringen.

Sehr gut ist das zu beobachten bei gekonnt vorgetragenen Witzen.

Hier einige wesentliche Ausdrucksmöglichkeiten der Stimme:

Freude: Anheben der Stimme aus der Normallage

Trauer: Tiefe Stimme, langsames Tempo

Schüchternheit, Unsicherheit: Dauerndes leises Sprechen und schnelles Tempo

Enttäuschung: Absenken der Stimme aus der Normallage, am Satzende weiteres Absenken

Erregung: lautes abgehacktes Sprechen, unvermutete Pausen, am Satzende stets höhere Stimmlage

Höhepunkte: kurze Pause vor dem Höhepunkt und Absenken der Stimme, der Höhepunkt wird mit lauter Stimme ausgesprochen

Vertrauliche Ausdrucksweise: Durch leises langsames Sprechen wird die Aufmerksamkeit des Gesprächspartners erhöht.

Die Anteilnahme

Die Persönlichkeit des Gesprächspartners wird am besten dadurch anerkannt, dass man ihn beachtet. D.h., man hört ihm aufmerksam zu und nimmt Anteil an seinen Problemen.

Richtiges Zuhören ist eine Kunst und es gibt Menschen, die nur deswegen beliebt sind.

Hören wir einem Menschen zu, so hat der uns etwas zu sagen.

Wer etwas sagen will, hat etwas zu geben.

Und wie sagt der Volksmund? »Geben ist seeliger denn nehmen!«

Zuhören fällt dann besonders leicht, wenn uns etwas mitgeteilt wird das uns interessiert.

Bei für uns uninteressanten Themen fällt es aber in der Regel sehr schwer.

Man sollte aber auch dann daran denken, dass durch Zuhören viele mögliche Fragen schon vorab beantwortet werden.

Man erhält viele Informationen, die man so nie bekommen hätte.

Es heißt ja auch:

»Das beste Bild von einem Menschen kannst du dir machen, wenn du ihn ungestört reden lässt!«

Durch Zuhören geben wir dem Gesprächspartner das Gefühl ihn ernst zu nehmen und seine Probleme erfasst zu haben.

Zuhören kann man auf verschiedenste Weise:

Aktiv hört man zu, wenn der Gesprächsbeitrag mit deutlich erkennbarem Interesse aufgenommen wird.

Man wendet sich dabei dem Sprechenden zu und bestärkt ihn eventuell in seiner Aussage noch durch Zwischenrufe. Die Stimme geht dabei aus der Normallage in die Höhe.

Man kann natürlich auch passiv zuhören und sich mit deutlichem Desinteresse von den Worten des Anderen berieseln lassen.

Er wird wohl dann bald aufhören zu reden.

Der Name des Gesprächsteilnehmers

Um einen positiven Kontakt zu seinem Gesprächspartner herzustellen und für die eigene positive Darstellung ist es wichtig, den Namen des anderen immer mal wieder zu nennen.

Der Name des Gesprächspartners lässt sich mit einem Markenzeichen vergleichen.

Jeder Mensch fühlt sich durch die Nennung seines Namens im Gespräch persönlich gewürdigt und aufgewertet.

Der Name ist Bestandteil seiner Persönlichkeit. Er sollte im Gespräch öfter genannt werden.

Am besten stellt man ihn in die Mitte des Satzes.

Am Satzanfang sollte man ihn möglichst nicht verwenden. Das kann als aggressiv und belehrend aufgefasst werden.

Stellt man den Namen ans Ende eines Satzes, fällt er mit dem Punkt zusammen, bei dem ja die Stimme abgesenkt wird. Dies führt dazu, dass der Name eine gewisse Abwertung erfährt.

Negative Reaktionen löst man dadurch aus, dass man den Namen falsch ausspricht.

Man sollte ihn eher weglassen, als ihn falsch auszusprechen.

Ein falsch ausgesprochener Name bedeutet etwa: »Du bist mir zu unwichtig, als dass ich mir die Mühe mache, mir deinen Namen einzuprägen.«

Man kann seinen Gesprächspartner schon bei der Begrüßung aufwerten, indem man nach der Vorstellung den Namen wiederholt.

Etwa so:

Meier sagt: »Guten Abend, mein Name ist Meier!«

Darauf Schulze: »Mein Name ist Schulze!«

Meier antwortet: »Guten Abend Herr Schulze!«

Hier noch einige Hinweise zum Verhalten gegenüber einem Gesprächspartner

Will man den Kontakt positiv gestalten, sollte man das Folgende beachten:

Es fördert den Kontakt wenn man die Person des Gegenüber und dessen Besitzstand aufwertet.

Man sollte seine Meinung anerkennen und seiner Würde und seinen Wünschen Beachtung schenken.

Man sollte ihm Sicherheit geben und seine Anregungen und Gedanken anerkennen.

Das Gespräch wird jedoch scheitern, wenn man den Gesprächspartner und sein Besitztum abwertet und ihm die eigene Meinung aufdrängt.

Wenn man seine Würde und seine Wünsche missachtet und ihn durch Bagatellisieren seiner Gesprächsbeiträge verunsichert, wird das zum Scheitern führen.

Gesprächsführung Teil II

Vortrag von Bruder Wolfgang Glauche

Wann ist unser Gesprächspartner mit uns einer Meinung? Dann, wenn er sein Denken bestätigt fühlt oder er für sich einen erkennbaren Nutzen sieht.
Es müssen Vorteile sein, die ihn direkt berühren.
Das Sprichwort: »Das Hemd ist mir näher als der Rock!« gibt hier beredt Auskunft.

Einen Vorteil oder Nutzen für unseren Gesprächspartner können wir aber nur dann aufzeigen, wenn wir ihn genügend kennen. Wir müssen also erfahren, was er an dem, was wir zu bieten haben schätzt.

Teilt er uns seine Vorstellungen nicht mit, müssen wir als Mittel der Gesprächsführung die Frage einsetzen.

Bereits Sokrates sprach von der Macht der Frage.

Diese Macht ergibt sich daraus, dass es nicht möglich ist, auf eine Frage nicht zu antworten.
Der Gesprächspartner wird zu einer Reaktion in eine bestimmte Richtung gezwungen.

Wer fragt, führt das Gespräch.

Das Gegenstück zur Frage ist die Aussage. Sie hat den Nachteil, dass man sich mit ihr festlegt. Bei einer Frage passiert das nicht.

Wer sich festgelegt hat, kann sich nicht, ohne sich selbst zu beschädigen, von seinem Standpunkt entfernen.

Mit einem geäußerten Standpunkt hat man kaum noch Spielraum. Ist man genötigt, diesen zu verlassen, kommt dies einer Kapitulation und damit einem Prestigeverlust gleich.

Wenn zwei Gesprächspartner Aussagen treffen und auf ihrem Standpunkt beharren, ist die Gefahr riesig groß, dass ein Streit entsteht.
Der Ausdruck – eine Stellung behaupten – beschreibt treffend eine solche Situation.

Durch eine Behauptung wird oft der Gesprächspartner zu einer Gegenbehauptung herausgefordert. Ein Dialog findet dann nicht mehr statt.
Beobachten wir einfach einmal Menschen, die miteinander streiten:
Keiner von ihnen stellt Fragen. Es werden nur Behauptungen aufgestellt.

Je mehr ein Gesprächspartner gefragt wird, desto mehr legt er sich fest und liefert seinem Gegenüber handfeste Argumente.

Fragen haben folgenden Zweck:
1. Ich kann von meinem Gesprächspartner etwas erfahren.
2. Ich bringe meinen Gesprächspartner in eine bestimmte Denkrichtung und lenke mit meinen Fragen das Gespräch.
3. Ich kann meinem Gesprächspartner in Frageform eine

Mitteilung machen.
4. Ich kann den Gesprächspartner auf bestimmte Details festlegen.

Die Fragen zu 2 und 3 sind rhetorisch; d.h. sie sind rednerische Fragen.
Es wird keine Antwort erwartet; die Antwort gibt man gegebenenfalls selbst.

Doch Vorsicht!
Durch zu viele rhetorische Fragen kann sich mein Gesprächspartner schnell entmündigt fühlen, weil ihm die Möglichkeit zur Antwort genommen wird. In dieser Art und Weise spricht man meist nur mit kleinen Kindern.
Etwa so:

»Ach, da ist ja Klein-Fritzchen!
Ja, was will er denn? Hat er etwa Hunger?
Da wollen wir ihm mal schnell was geben.
Das wird ihm aber schmecken.«

Eine Frage zwingt den Gesprächspartner zum Denken und bringt ihm Probleme und Ansichten ins Bewusstsein, die er bislang nicht bedacht hatte.

Dinge, die man selbst erkennt, nimmt man ernst und ist auch bereit, sich mit ihnen auseinanderzusetzen.

Sage ich jedoch zu meinem Gesprächspartner: »Du hast das und das Problem!« Kann er meine Äußerung damit abtun, dass er erwidert: »Das stimmt nicht!« und schon ist die Sache für ihn erledigt.

Mit dieser Art der Gesprächsführung geht man das Risiko ein, den Gesprächspartner zu verärgern. Eine solche Verfahrensweise wirkt autoritär und bevormundend.

Wahrscheinlich hat Sokrates, als er von der Macht der Frage sprach, die vielfältigen Aspekte und Möglichkeiten der Frage im Sinn gehabt.

Um der zwingenden Macht der Frage zu entgehen, gibt es eigentlich nur drei Wege:

1. Man redet, wie es viele Politiker tun, wenn sie konkret gefragt werden, an der Sache vorbei.

2. Man stellt Gegenfragen
   Das funktioniert dann etwa so:
   Frage:
   »Wie geht es Ihnen denn derzeit?«
   Antwort:
   »Warum wollen Sie das denn wissen?«

   Ein anderes Beispiel:
   Jemand, der dafür bekannt ist, dass er immer Gegenfragen stellt, wird gefragt:
   »Warum beantworten Sie jede Frage mit einer Gegenfrage?«
   Antwort:
   »Warum soll ich das nicht tun?«

3. Durch Lügen

Will man von seinem Gesprächspartner etwas erfahren, ist es hilfreich ihn mit leichten Fragen ins Gespräch kommen zu lassen.

Fragen, die negative Aspekte beinhalten, werden immer ungern beantwortet.

Dazu gehören auch Fragen zu Dingen, über die der Gegenüber nicht gern spricht oder über die er nicht Bescheid weiß.

Auch wenn der Gesprächspartner nicht weiß, in welche Richtung es gehen soll, wird er sich mit seinen Antworten zurückhalten. Er will sich nämlich intuitiv nicht in einer Richtung festlegen, die für ihn nachteilig sein kann.

Es ist daher nie verkehrt, zu erklären, warum man diese Fragen stellt.

Die verschiedenen Arten der Fragen können auch unterschiedlich auf unsere Gesprächspartner wirken.

Beginnen wir mit der **Berichtsfrage**.

Man lässt den Gesprächspartner über eine einfache Tatsache berichten.

Etwa so:

»Wie heißen Sie?«
»Wie alt sind Sie?«
»Sind Sie verheiratet?«
»Was für ein Auto fahren Sie?«

Fragen dieser Art werden kurz, manchmal auch nur mit Ja oder Nein beantwortet.

Der Gesprächspartner wird dabei eher als Aussageobjekt gesehen, von dem eine klare Antwort erwartet wird.
Verwendung findet diese Frageform bei:

- Fragebogen,
- Gesprächen mit Verhörcharakter,
- zum genauen Aufzeigen von Tatbeständen.

Solche Fragen werden als »**geschlossene Berichtsfragen**« bezeichnet.
Man kann sie aber auch so stellen, dass ein breiteres Spektrum für die Antwort möglich wird.
Dann heißen sie »**offene Berichtsfragen**«.
Eine solche Frage könnte lauten:

»Wie war Ihr beruflicher Werdegang?«

Stellt man mehrere **Berichtsfragen** nacheinander, wird man bemerken, dass die Antworten des Gesprächspartners einsilbiger und deutlich kühler werden. Der Kontakt wird mehr und mehr abreißen.

Es ist sinnvoller, **Berichtsfragen** in Verbindung mit **Meinungsfragen** zu stellen.

Meinungsfragen beginnen mit Worten wie:

»Wie beurteilen Sie das und das?«
»Was halten Sie von diesem oder jenem?«
»Wie sehen Sie dieses oder jenes?«

Diese Frageform wendet sich an die Meinung meines Gegenüber. Dadurch wird er anerkannt und aufgewertet.
Dem Gesprächspartner wird gezeigt, dass er wichtig und interessant ist.
Er wird durch dieses Erfolgserlebnis zu weiterem Sprechen angeregt.
Jeder Mensch arbeitet gern in der Richtung weiter, in der er Erfolg hat.

Die **Meinungsfrage** bringt den Gesprächspartner dazu, aus sich heraus zu gehen.
Meinungsfragen sind hervorragend geeignet, einen Gesprächsabschnitt zu beginnen, oder den Gesprächspartner in einen Fragenkreis einzuführen, der besprochen werden soll.
Meinungsfragen können wie **Berichtsfragen** offen oder geschlossen gestellt werden.

Beispiel:
Die **offene Meinungsfrage**:
»Wie beurteilen Sie die derzeitige Situation der Regierung?«

Zum gleichen Thema die **geschlossene Meinungsfrage**:
»Gehen Sie mit den Ansichten der Regierung konform?«

Bei **Berichtsfragen**, wie auch bei **Meinungsfragen** bringt die offen gestellte Frage den Gesprächspartner eher zum Reden als eine geschlossene, denn bei ihr kann er nicht mit Ja oder Nein antworten.

Eine weitere Frageart ist die **Entscheidungsfrage**.

Hierbei wird der Gesprächspartner aufgewertet, weil wir ihm eine Entscheidung überlassen. Solche Fragen können lauten:

»Darf ich Ihnen eine Zigarre anbieten?«
»Möchten Sie eine Tasse Kaffee?«
»Was darf ich Ihnen zu trinken anbieten?«

Hinter dieser Frageform lässt sich folgende Haltung erkennen:
»Mein lieber Gesprächspartner, Sie entscheiden und ich bin gern bereit, mich Ihrer Entscheidung zu fügen.«

Der Gesprächspartner wird so als Subjekt und nicht als Objekt behandelt. Ihm wird die Würde der Entscheidung zugebilligt.

Die **Entscheidungsfrage** ist von großer Bedeutung für eine erfolgreiche Gesprächsführung, weil sie als rhetorische Frage eingesetzt werden kann.

Formulierungen wie: »Ich will... ! Ich werde... !«, wirken autoritär und bevormundend.
Man wandelt sie sinnvoller Weise in **Entscheidungsfragen** um. Das könnte dann so aussehen:

»Darf ich...?«
»Wären Sie einverstanden, dass wir...?«
»Wollen wir...?«

Durch diese Umformulierung gewinnt der Gesprächspartner den Eindruck, über den nächsten Gesprächspunkt zu entscheiden. Er hat nicht das Gefühl in eine bestimmte Richtung gedrängt zu werden.

Kommen wir zur **Alternativfrage**. Sie ist der **Entscheidungsfrage** ähnlich. Sie gestattet meinem Gesprächspartner zwischen zwei von mir vorgegebenen Möglichkeiten zu entscheiden.

Sehen wir uns als Beispiel zwei Frühstückskellner an:

Der eine stellt seinen Gästen eine **Entscheidungsfrage**:
»Möchten Sie Ihr Frühstück mit oder ohne Ei?«

Der andere stellt den Gästen zum gleichen Thema eine **Alternativfrage**:
»Hätten Sie Ihr Frühstück gern mit hartem oder weichem Ei?«

Welcher von den beiden macht wohl mehr Umsatz?

Eine **Alternativfrage** unterstellt, dass für den Gesprächspartner zwei etwa gleichwertige Alternativen aufgezeigt werden.
Die **Alternativfrage** wird häufig angewandt, um den Gesprächspartner zu einer Entscheidung zu veranlassen.
Es konnte beobachtet werden, dass die meisten Menschen, die so befragt wurden, die zweite ihnen vorgestellte Alternative wählten. Als Schlussfolgerung daraus sollte man also an die zweite Stelle die bessere Alternative stellen.

Die **Alternativfrage** wird häufig als indirekte Frage anstelle einer **Entscheidungsfrage** gestellt.

Man fragt den Gesprächspartner nicht ob man sich trifft (das wäre eine Entscheidungsfrage), sondern wann man sich trifft, (das ist dann eine Alternativfrage).

Beispiel:
»Wollen wir uns am nächsten Mittwoch treffen?«

Eine so gestellte **Entscheidungsfrage** kann dazu führen, dass überhaupt kein Treffen mehr zustande kommt, weil der Gesprächspartner seine Entscheidung hinausschieben kann.
Fragen wir hingegen:
»Wäre Ihnen ein Treffen am Montag recht, oder lieber am Mittwoch?«,
haben wir mit dieser **Alternativfrage** große Chancen, den Mittwoch als verbindlichen Termin bestätigt zu bekommen.

Eine weitere Frageform ist die **Begründungsfrage**.
Diese Frage beginnen mit Worten wie: warum, weshalb, wieso, aus welchen Gründen... usw.
Die **Begründungsfrage** hat zum Ziel, herauszufinden, welche Motive hinter einem bestimmten Verhalten oder einer bestimmten Vorgehensweise stehen.
Beim Stellen derartiger Fragen muss man aber höllisch aufpassen, dass man den Gesprächspartner nicht in eine Angeklagtenposition bringt.

Die **Begründungsfrage** kann schnell zu einer **Rechtfertigungsfrage** werden.

Eine klassisch falsch gestellte Frage, z.B. an einen Interessenten für unseren Orden, wäre:

»Warum haben Sie zuerst bei den Freimaurern angefragt und nicht bei uns?

Der Gesprächspartner wird genötigt, sich für sein Verhalten zu rechtfertigen.

Wo muss man sich aber üblicherweise rechtfertigen?

Gegenüber einer Obrigkeit, Höhergestellten, einem Gericht, einem Vorgesetzten, einer Respektsperson.

Im Vortrag I habe ich über Kontakt gesprochen und darüber, dass dieser eine Frage der gleichen Ebene ist.

Wenn wir unseren Gesprächspartner nötigen, sich zu rechtfertigen, verschieben wir die Gesprächsebene zu seinen Ungunsten.

Wir erhöhen uns und setzen ihn herab.

Ein solches Verhalten verärgert den Gesprächspartner.

Rechtfertigungsfragen werden zudem oft als taktlos empfunden.

Bevor eine **Begründungsfrage** als **Rechtfertigungsfrage** gestellt wird, sollte man überlegen, ob man sie nicht in eine **Meinungsfrage** umwandeln kann.

Denn auch die Antwort auf eine **Meinungsfrage** gibt uns Aufschluss über die Motive unseres Gesprächspartners.

Hier noch einmal die **Rechtfertigungsfrage** von oben zur Erinnerung:

»Warum haben Sie zuerst bei den Freimaurern angefragt und nicht bei uns?«

Jetzt wandeln wir sie in eine **Meinungsfrage** um:

»Wie beurteilen Sie die Unterschiede zwischen den Freimaurern und dem Druiden-Orden?«

Eine **Begründungsfrage** kann man in der Regel schadlos dann stellen, wenn es um die Ergründung von Motiven Dritter geht. Aus der **Begründungsfrage** wir dann eine **Ergründungsfrage**. Etwa so:

» Warum, Herr Krause, hat Herr Lehmann das gemacht?«

Gemeinsam mit dem Gesprächspartner will man dahinter kommen, warum ein anderer etwas getan hat.

Durch **Ergründungsfragen** kann man seinen Gesprächspartner anregen, in eine bestimmte Richtung zu denken.
Er soll über Motive Dritter nachdenken, die vielleicht auch auf ihn zutreffen.
Ergründungsfragen werden daher oft als rhetorische Fragen eingesetzt.

Böse zusetzen kann man seinem Gesprächspartner mit einer Kombination aus **Berichtsfragen** und einer angeschlossenen **Rechtfertigungsfrage**.
Zuerst legt man sein Gegenüber durch eine Reihe meist geschlossener **Berichtsfragen** fest und stellt anschließend eine **Rechtfertigungsfrage**. Der Gesprächspartner soll durch dieses Verfahren aufs Kreuz gelegt werden.
Aus dem Gesprächspartner wird ein Gesprächsgegner.
Solche Verfahrensweisen sind typisch für Streitgespräche.

Kommen wir zur **Suggestivfrage**. Mit ihr versucht man, seinem Gesprächspartner die eigene Meinung aufzuzwingen oder sie sich bestätigen zu lassen.
In solchen Fragen kommt das Wort »auch«vor.

»Meinen Sie nicht auch, dass ...?
»Finden Sie nicht auch, dass ...?
»Glauben sie nicht auch, dass ...?

Informationen will man mit dieser Frageform nicht einholen. Man muss vielmehr gehörig aufpassen, dass man dabei den Kontakt zu seinem Gesprächspartner nicht verliert.
Das kann dann passieren, wenn man seinen Gesprächspartner zwingt, etwas zu bejahen, was er in dieser Form nicht vorhatte.

Fragen können wir auch in Form einer **provokatorischen Behauptung** stellen.
Das lateinische Wort provocare bedeutet soviel wie hervorrufen, hervorlocken. Wir wollen also mit einer provokanten Behauptung bei unserem Gesprächspartner eine Reaktion hervorrufen.

Der Volksmund formuliert das so:

»Wirf einen Stein in den Teich und warte ab, welche Kröte hochkommt!«

Eine solche Behauptung sieht gar nicht wie eine Frage aus. Ihrem Wesen nach ist sie es aber, denn der Gesprächspartner reagiert auf sie mit einer Antwort, also wie auf eine Frage.

Man stellt eine Behauptung auf, welche die Interessenlage des Gesprächspartners berührt.
An der Reaktion kann man ablesen, ob man richtig oder falsch liegt.

Gegebenenfalls wird man von seinem Gesprächspartner korrigiert.

Fragen erkennt man an der Satzstellung oder am Fragewort, auf jeden Fall aber am oftmals unbewusst wahrgenommenen Anheben der Stimme am Satzende.
Dieses Anheben der Stimme am Satzende wird durch das Fragezeichen symbolisch angezeigt. Deshalb wurde das Fragezeichen in früheren Zeiten auch liegend geschrieben, um das Heben und Senken der Stimme anzudeuten.

Wird uns eine Frage gestellt, geht unbewusst bei uns eine Warnlampe an.
Sie sagt uns:

»Denk erst nach, denn mit deiner Antwort legst du dich fest!«

Die provokatorische Behauptung sieht aus wie eine Aussage.
Ihr Inhalt appelliert aber an den Geltungstrieb, das Besserwissen oder das Schlauersein unseres Gesprächspartners und provoziert ihn zu einer korrigierenden Äußerung.

Etwa in dieser Art:
Eine Frau hat ein neues Kleid und trifft ihre Nachbarin. Die Nachbarin möchte zu gern wissen, wo dieses Kleid her ist und was es gekostet hat, denn so eines hätte sie auch gern.

Würde sie nun fragen: »Wo haben sie denn dieses tolle Kleid her? Was hat es denn gekostet?

Dann würden diese Fragen bei der Nachbarin sofort eine Denkreaktion auslösen:
»Warum will die das wissen? Die will sich wohl auch so ein Kleid kaufen!«
Die Antwort würde wohl ausweichend, nichts sagend oder falsch sein.

Die neugierige Nachbarin ist also besser beraten, es mit einer **provokatorischen Behauptung** zu versuchen.
Sie wird dann sagen:

»Was haben Sie für ein nettes Kleid an! Solche Kleider habe ich bei Woolworth bei den no-name-Artkeln gesehen. Die kamen noch nicht einmal 30 €.!«

Die Frau mit dem teuren neuen Kleid wird wahrscheinlich empört reagieren und antworten:

»Na sagen Sie mal! Das Kleid hat über 400 € gekostet und ist im KaDeWe gekauft!«

Provokatorische Behauptungen werden also eingesetzt, wenn man von seinem Gesprächspartner etwas erfahren möchte, was dieser nicht unbedingt preisgeben möchte. Sie haben oft den Charakter des »Auf-den-Busch-Klopfens«.

Hat der Gesprächspartner wie gewünscht reagiert, sollte man natürlich nicht sagen:
»Prima! Das wollte ich nur wissen!«
Er würde sich dann hereingelegt fühlen.
Hereingelegt oder überlistet worden zu sein, löst aber stets Ärger und Frustration aus und schafft keine neuen Freunde.

Mit der **Vacuumfrage** lösen wir bei unserem Gegenüber das Bedürfnis helfen zu wollen aus.

Das funktioniert so: Während des Sprechens macht man eine Pause. Es entsteht eine Leere, ein Vacuum.

Der Gesprächspartner versucht zu helfen, indem er diese Lücke ausfüllt.

Beispiel:

Man trifft einen Nachbarn, dessen Namen man vergessen hat: »Ach, Guten Tag, Herr ... äh ...«

Der Gesprächspartner hilft und nennt seinen Namen.

Diese Frageform funktioniert aber nur, wenn wir einen guten Kontakt zu unserem Gesprächspartner haben.

Bei schlechtem Kontakt kann es uns passieren, dass der andere grinst und sagt: »Was wollten Sie mir denn eigentlich erzählen?«

Bisher habe ich versucht, die Fragen in ihrer Wirkungsweise darzustellen. Wir können sie aber auch in **indirekte und direkte Fragen** einteilen.

Bei der indirekten Frage erkundige ich mich nicht nach dem was ich wissen will sondern nach etwas anderem.

Aus der Antwort kann ich dann auf das schließen, was ich tatsächlich wissen möchte.

Mit einer direkten Frage hingegen, gehe ich gerade Weges auf mein Ziel los.

Ein Beispiel:

Jemand möchte wissen, ob ein Gast mit dem Auto gekommen ist.

Stellt er nun die Frage:

»Sind Sie mit dem Auto da?«, wird der Gast möglicherweise denken:
»Warum fragt der mich das? Soll ich ihn etwa nachher wohin fahren?«
Vorsichtshalber wird er ausweichend antworten oder sogar lügen.

Wird der Gast jedoch gefragt: »Haben Sie einen guten Parkplatz gefunden?«, freut der Gefragte sich über die Anteilnahme und wird etwa so antworten: »Ja, gleich vor dem Haus!«

Man hat auf diese Art problemlos erfahren, dass er mit dem Auto gekommen ist.

Fragen können auch zu Aufforderungen umgewandelt werden.

Frage: »Wie ist bitte Ihr Name?«
Aufforderung: »Sagen Sie bitte wie Sie heißen!«

Zu beachten ist, dass eine Frage immer verbindlicher wirkt als die Aufforderung zur Aussage.

Also immer daran denken:
Die Fragen sind es, die uns in Gesprächen weiterbringen und dazu beitragen, sie positiv zu führen.

Nutzen wir also die Macht der Frage.

Literaturhinweis zu den Vorträgen Gesprächsführung Teil I und Teil II :

Robert Janicek, Erfolgreiche Gesprächsführung. Heske-Verlag, Dahlhausen-Magelsen 1976

Gedanken zur Drogenkultur

Vortrag von Bruder Wolfgang Glauche

Beginnen wir mit einer Frage! Was verstehen wir überhaupt unter Drogen?

Ende des 19. Jahrhunderts verstand man darunter laut Meyers Konversationslexikon:

» ... alle rohen oder halbzubereiteten Produkte der 3 Naturreiche, welche der Apotheker braucht, ferner eine gewisse Anzahl Präparate aus Hüttenwerken und chemischen Fabriken zu gleichem Gebrauch, aber auch für die Gewerbe und Manufakturen.«

Heute ordnet man nach allgemeinem Verständnis unter Drogen Stoffe ein, die rausch- und suchterzeugende Wirkungen haben.

Es handelt sich durchweg um Mittel, die in die natürlichen Abläufe des menschlichen Körpers eingreifen und dabei Stimmungen, Wahrnehmungen und Gefühle beeinflussen. Diese Stoffe wirken also psychoaktiv.

Unterschieden wird in legale und illegale Drogen.

Hier eine Kurzdarstellung der gängigsten Drogen:

Beginnen möchte ich mit Cannabis, also Haschisch und Marihuana. Seine Wirkung ist stark abhängig von der Umgebung in der es konsumiert wird und von der psychischen Ausgangslage des Benutzers. Es bewirkt eine gesteigerte Wahrnehmungsbereitschaft und erzeugt ein starkes Gemeinschaftsgefühl, manchmal verbunden mit Sinnestäuschungen.

Es wird mit Tabak oder auf Holzkohle in der Pfeife geraucht, als Tee getrunken oder, unter Speisen gemischt, gegessen.

Marihuana, das sind die oberen Laubblätter und Blüten-
stände der Hanfpflanze, wird ausschließlich, meist mit Tabak
verschnitten, geraucht.

Haschisch besteht aus den harzreichen Bestandteilen der
Hanfpflanze, die meist zu Platten gepresst werden. Je nach
Herkunft werden sie auf dem illegalen Markt als Roter Liba-
nese, Grüner Türke, Schwarzer Afghane usw. bezeichnet.

Unter Halluzinogenen versteht man LSD, Mescalin und
andere. Ihre Wirkung ist ebenfalls abhängig von der psychischen Ausgangslange des Benutzers und von Umge-
bungseinflüssen. Sie führen zu einer Störung des Raum- und
Zeitgefühls. Außerdem verursachen sie Wahrnehmungs-
störungen, Halluzinationen, Entfremdungs- und Unwirklich-
keitserlebnisse.

Die Einnahme erfolgt oral.

Eine große Gruppe sind die Opiate. Zu nennen sind hier:
Opium, Morphium, Heroin, Chiradon, Dolantin und Polamidon. Diese Stoffe wirken beruhigend, Angst lösend, und
schmerzstillend. Sie führen aber auch euphorische Zustände
herbei.

Während Opium geraucht wird, werden die anderen genannten Stoffe geschluckt oder gespritzt. In der Medizin
werden sie bei Tumor- und Operationsschmerzen ange-
wendet.

Als weitere Droge ist Kokain zu nennen, das aus den Blät-
tern des Kokastrauches als weißes, manchmal auch bräunlich
getöntes Pulver gewonnen wird. Es wirkt stark euphorisierend. Hunger, Durst und Müdigkeit werden weggewischt.
Es bewirkt eine sexuelle Triebsteigerung, Enthemmung und

Rededrang. Der Benutzer erlebt ein subjektives Kraftgefühl.

Kokain bewirkt aber auch Wahnvorstellungen, Angst und Verwirrungszustände bis hin zu Selbstmordtendenzen.

Kokablätter werden gekaut, während das Pulver geschnupft, gegessen oder in gelöster Form gespritzt wird.

Die bisher aufgeführten Stoffe sind allesamt den illegalen Drogen zuzurechnen. Die folgenden hingegen sind legal und teilweise frei erhältlich, also noch nicht einmal verschreibungspflichtig.

Beginnen möchte ich mit den Stimulantien.

Zu nennen sind da Pervitin, Ritalin, Benzedrin, Captagon u. a.

Bei schwacher Dosierung werden Stimmung und Antrieb gesteigert und der Gedankengang beschleunigt.

Bei mittlerer Dosis stellt sich ein erhöhtes Kraft- und Leistungsgefühl ein. Oft ist ein erhöhter Rededrang festzustellen, der mit eingeschränkter Konzentration einhergeht.

Eine starke Dosis wirkt euphorisierend und Affekt steigernd bis hin zur Ekstase. Aktivitäten laufen meist planlos ab.

Erwähnen möchte ich auch Schnüffelstoffe, die billigsten aller Drogen. Das sind organische Lösungsmittel, die in Klebstoffen, Reinigungsmitteln und Sprays enthalten sind. Sie führen zu rauschähnlichen Zuständen mit gehobener Stimmung, Sinnestäuschungen und Bewusstseinstrübung.

Auch Schlaf- und Beruhigungsmittel gehören zu den legalen Drogen. Das sind Tranquilizer, Valium, Mandax und Barbiturate. Sie wirken Angst- und Spannung lösend. Sie schläfern ein und unterdrücken Krampfanfälle. Eingenommen werden sie meist oral, können zum Teil aber auch gespritzt werden. Gleiches gilt für Schmerzmittel.

Die wohl am meisten benutzten legalen Drogen sind Alkohol und Nikotin. Alkohol wird getrunken und führt zu einem Rausch, der von heiter-läppisch bis zu gereizt-aggressiv reichen kann.
Nikotin ist im Tabak von Zigaretten und Zigarren enthalten. Es stimuliert das zentrale Nervensystem und führt zu gesteigerter Wachheit und Aufmerksamkeit. Auch Ermüdungserscheinungen werden abgemildert.

Alle genannten Stoffe, ob legal oder illegal, haben eines gemeinsam. Sie führen zu seelischer und teilweise auch körperlicher Abhängigkeit.

Der Wunsch des Menschen nach Entspannung, nach Abstand vom Alltagsstress, nach Genuss und Rausch ist eine natürliche und notwendige Lebensäußerung. Die Erfüllung dieses Bedürfnisses stellt das nötige Gegengewicht zu den Belastungen des Lebens dar und befähigt den Menschen, für neue Lebensleistungen frische Kräfte zu schöpfen.

Die Wege zu Genuss und Entspannung sind vielfältig und individuell sehr verschieden. Fast jeder Mensch nimmt täglich, ohne darüber nachzudenken, eine oder mehrere solcher psychoaktiven Substanzen zu sich. In der westlichen Welt ist dieser Gebrauch besonders verbreitet. Den meisten von uns ist dieser Umstand noch nicht einmal bewusst, weil es sich um einen alltäglichen Vorgang handelt. Wer denkt denn schon daran, dass Wein, Bier, Kaffee, Tee, Zigaretten und Zigarren psychoaktive Wirkungen haben.

In anderen Kulturen sind es wieder andere Stoffe mit ähnlichen Wirkungen, die weite Verbreitung und Akzeptanz in der dortigen Gesellschaft gefunden haben.

Als Beispiel seien die Blätter des Coca-Strauches erwähnt, die seit Jahrhunderten in den Anden zur Leistungssteigerung gekaut werden.

Gesellschaftliche Unterschiede im Gebrauch von Rauschmitteln sind nicht erkennbar. Eine Abgrenzung der gesellschaftlichen Schichten erfolgt ausschließlich über den Preis dieser Stoffe.

Geraucht, geschnupft, geschluckt, getrunken und gespritzt wird in allen Gesellschaftsschichten.

Alle Versuche von absoluten Herrschern, Kirchenfürsten, Politikern, Moralaposteln und Regierungen, die Menschen vom Genuss der Drogen abzuhalten, waren und sind vergebens.

Das mag auch an der Scheinheiligkeit eines solchen Ansinnens liegen. Denn, welchem vernunftbegabten Menschen lässt sich die willkürliche Einteilung in legale, also gute Drogen, und illegale, also schlechte Drogen, vermitteln. Hinzu kommt, dass derartige Festlegungen oftmals religiös motiviert und regional sehr unterschiedlich sind.

Auch historisch gesehen gab es ständig Veränderungen in der Bewertung und Behandlung dieser Stoffe.

Ein Blick in die Geschichte zeigt, dass Drogen und ihr Gebrauch nicht nur als Genussmittel und für kultische Zwecke eine herausragende Rolle spielten. Auch bei der Verfolgung politischer und militärischer Ziele waren und sind sie ein probates Mittel.

Ein Beispiel aus der Antike ist das Orakel von Delphi. Dort, so heißt es, saß die Pythia auf dem heiligen Dreifuß, trank Wasser aus der heiligen Quelle, kaute Lorbeerblätter und fiel in Trance. Der Orakelspruch aus ihrem Mund war für die Ratsuchenden die Antwort auf ihre Fragen und der Wille der Götter. Da die im Rausch verkündeten Orakelsprüche oft wirr und schwer verständlich waren, wurden sie von Priestern gedeutet. Diesen fiel dadurch eine enorme Macht zu, denn dadurch war es ihnen möglich in die Geschicke einzugreifen.

In der Geschichte des Peleponesischen Krieges findet sich ein Bericht des Thukydides, aus dem hervorgeht, dass ein Gemisch aus Schlafmohn und Honig von den Spartanern zumindest zeitweilig als »Kraftnahrung« für ihre Krieger verwendet wurde.

Zur Zeit der Kreuzzüge erlangte eine politisch-religiöse Sekte in Persien, Syrien und Palästina eine erhebliche Bedeutung. Es handelte sich um eine Nebenlinie der Ismaeliten. In die Geschichte gingen sie unter dem Namen Assassinen oder Haschaschinen ein. Ihre Macht erlangten sie durch Mord und Terror. Sie wurden nicht nur von den Herrschern Arabiens und den Kreuzfahrern gefürchtet. Ihr Arm reichte bis an die Höfe Europas.

Ihr Stifter, Hassan aus Rai in Persien, begann 1081 gläubige junge Muslime um sich zu sammeln, die er zu religiösem Fanatismus anstachelte. Diese jungen Männer nannten sich Fidawi (d.h. die sich Opfernden).

Der Führer dieses Ordens trug den Titel Scheich ul Dschibal. Das wurde übersetzt mit Ventulus de montanis oder der Alte vom Berg.

Um blinden Gehorsam zu erreichen, wurden die Fidawi durch heimliche Beimischung von Haschisch an ihre Mahlzeiten betäubt und an einen geheimen Ort gebracht. Nachdem sie dort erwachten, wurden sie mit allen Freuden und mit allem Luxus den die Zeit zu bieten hatte verwöhnt. Nach einiger Zeit wurden sie auf die beschriebene Weise erneut betäubt und zurückgebracht. Nach dem Erwachen erklärte man ihnen, dass sie das Nirwana, das Paradies, gesehen hätten. Um dorthin zurückkehren zu können, müssten sie den Befehlen des Scheichs bedingungslos folgen.

Als willenlose Werkzeuge wurden diese jungen Männer dann in alle Himmelsrichtungen geschickt, um unliebsame Fürsten, Feldherren und Würdenträger zu ermorden. Da sie den Tod nicht fürchteten, weil ihnen ja das Nirwana versprochen war, setzten sie alles daran, ihre Mordaufträge auch auszuführen.

Wegen ihres Haschischgebrauchs wurden sie auch Haschischi oder Haschaschin genannt. Die Franken machten daraus Assassinen. Dieser Begriff steht heute für rücksichtslose Mörder.

Durch ihr Mordsystem trugen die Assassinen wesentlich zum Zerfall des Seldschukenreiches bei.

Erst 1256 gelang es dem mongolischen Feldherrn Hulagu dem Treiben der Assassinen in Persien ein Ende zu bereiten. In Syrien wurden 1273 die letzten Assassinen von dem Mameluken-Sultan Baibars unterworfen.

Zeitweilig wurden Rausch- und Suchtmittel auch mit brachialer Gewalt verfolgt, um dann wieder begünstigt zu werden. Zar Michail Fjodorowitsch, der Begründer der Romanow-Dynastie, erklärte Mitte des 17. Jahrhunderts den Tabak zu Teufelskraut und die Raucher zu Agenten Satans. Ertappten Rauchern wurden daraufhin mit eisernen Haken die Lippen aufgerissen.

50 Jahre später ging es in die andere Richtung. Zar Peter I. ließ jetzt die Altgläubigen verfolgen, weil diese erklärte Gegner des Rauchens waren. Rauchen war jetzt nicht nur ausdrücklich erlaubt, sondern erwünscht. Von den Höflingen wurde sogar verlangt, dass sie rauchten, weil das Rauchen als modern und westlich galt.

Genuss- und Rauschmittel wurden auch als Handelsware und an Geldes statt verwendet. Verweigerten Handelspartner die Annahme dieser Ware, dann wurde auch Krieg geführt. Als Beispiel sei hier der englisch-französische Krieg gegen China genannt, der unter dem Namen Opiumkrieg in die Annalen einging. Er wurde geführt, weil China sich weigerte seine Waren gegen Opium zu tauschen. Dieser Krieg war im Kern ein Handels- und Währungskrieg.

Bei jedem Vorgehen gegen den Gebrauch psychoaktiver Substanzen zeichnen sich zwei dominierende Motive ab. Die Moralisten stört es, wenn sich ein anderer Mensch einem Genuss hingibt. Die Obrigkeit stört es, dass dieser Genuss ohne ihre Genehmigung erfolgt, denn der ist individuell und entzieht sich der gesellschaftlichen Kontrolle. Dieser Genuss ist ein Stückchen Glück, welches man sich selbst nimmt und das nicht von oben zugeteilt wird.
Rückblickend zeigt sich, dass es nicht unbedingt wichtig ist, wer unter welcher Anschuldigung verfolgt wird oder Einschränkungen hinnehmen muss. Wichtig ist die Verfolgung als solche und ihre disziplinierende Wirkung.

Von den heute als Drogen bezeichneten Stoffen wird Opium seit frühester Zeit benutzt. Die Erdmutter der Griechen Demeter und auch ihre römische Entsprechung

Ceres zeigen bereits in ihrem Haarschmuck die Mohn-kapsel.

Der Wunsch des Menschen, zu ergründen, was die Zauber-kraft des Opiums ausmacht, musste aber bis ins 19. Jahrhun-dert warten. Erst da waren Wissenschaft und Technik so weit, dass erste Antworten gegeben werden konnten.

1805 gelang es Sertürner erstmals das Morphium aus der Opiumtinktur zu isolieren.

Ein weiterer gewaltiger Schritt war die Erfindung der In-jektionsspritze durch Charles Provaz 1853 bzw. Alexander Wood 1855. Durch die Anwendung dieser neuartigen Sprit-zen wurde es möglich, das Morphium schnell und unmittel-bar an das Zentrale Nervensystem heranzubringen.

Im Gegensatz zur bislang einzig möglichen oralen Einnahme, stellte sich dadurch bei den Anwendern ein völlig neues Erlebensniveau ein.

Die neuartige Spritze erlaubte viele Anwendungen, die von den Ärzten bei der Schmerzbekämpfung aufgegriffen wur-den.

Besonders in den vielen Kriegen des 19. Jahrhunderts, in denen die Verwundeten, durch die immer grausamer wer-denden Waffen, unsäglich zu leiden hatten, standen die Feldärzte mit der Morphiumspritze bereit. Ohne zu ahnen, dass Morphium zur Sucht führen kann, wurde gegen den Wundschmerz drauflos gespritzt. Häufig wurde den Ver-wundeten die Morphiumspritze sogar zur Selbstbedienung überlassen.

Das Ergebnis war ein Heer morphiumsüchtiger ehemaliger Soldaten. Es wurde der Begriff Armee- oder Soldatenkrank-heit geprägt.

Unter ärztlicher Aufsicht wurde so der Morphinismus in der westlichen Welt eingeführt.

Er durchzog die gesamte Gesellschaft. Kaiser Maximilian von Mexiko, der englische Kronprinz, der König von Dänemark und viele andere Größen der Zeit hingen an der Nadel. In den Pariser Salons traf man sich zu so genannten »Injektionskränzchen«, denn Morphium war chic.

Wer auf sich hielt und es sich leisten konnte, bestellte bei Fabergè, dem renommiertesten Goldschmied dieser Epoche, eine sündhaft teure emaillierte goldene Spritze. Auch Literaten und Wissenschaftler, wie Jules Verne, Hans Fallada oder Siegmund Freud nahmen Morphium.

Das Suchtphänomen erscheint erstmals in ganzer sozialer Schwere im 19. Jahrhundert und hängt mit dem technischen Fortschritt zusammen. Schon römische Kaiser waren vom Opium abhängig. Von einer progressiven Gewöhnung ist jedoch nichts überliefert. Marc Aurel hatte zwar ein Problem mit der Dosierung, doch wie der Arzt Galen berichtet, beherrschte er es.

Der Begriff Sucht leitet sich von suchen ab. Gemeint ist ein Zustand der inneren Unausgeglichenheit, der nach der Lösung seelischer Spannungen, nach Beendigung seelischer und körperlicher Qualen sucht.

1813 tauchte in Publikationen erstmals der Begriff Trunksucht auf. Getrunken, ja regelrecht gesoffen wurde aber schon seit vielen hundert Jahren.

1836 spricht Hufeland von Opiumsucht. Laudanum, also Opiumtinktur, wurde aber auch schon seit undenklichen Zeiten ausgiebig und regelmäßig genommen.

Offenbar waren die Ärzte auf dem Weg, eine bis dahin nicht bekannte psychogene Krankheit zu erkennen. Es wurden Begriffe geprägt wie Morphinismus und Morphomania.

Das Problem wurde immer deutlicher, beispielsweise bei Arbeiterkindern, die von ihren Müttern mit Morphium ruhig gestellt wurden, weil sie zur Arbeit mussten. Diese Kinder blieben ihr Leben lang abhängig.

Dann gab es da die bereits erwähnten verwundeten Soldaten. Hinzu kamen die Ärzte, Krankenschwestern, Apotheker und die erhebliche Zahl von Damen der Gesellschaft, die alle an der Nadel hingen.

Das Problem der Toleranz, der zwingenden Gewohnheit, wurde allmählich erkannt. Laehr hat darüber in seiner Schrift: »Über den Missbrauch von Morphium-Injektionen« als einer der ersten nachgedacht.

Die Wissenschaft suchte nach einem schmerzlindernden Mittel, das nicht zur Sucht leiten sollte. 1874 wurde es erstmals von Wright synthetisiert. Es erhielt den Namen Heroin und wurde zur größten Enttäuschung der Wissenschaft. Heroin wurde zum Markenzeichen einer neuen Generation von Abhängigen.

Es wurden in der Folge noch viele weitere Mittel gefunden, die spezielle Eigenschaften zur Behandlung medizinischer Probleme aufwiesen. Beispielhaft sind da zu nennen: Polamidon, Methadon, Meperidin.

Alle diese Stoffe enttäuschten aber in einem Punkt. Neben ihrer gewollt hilfreichen Wirkung sind sie alle Sucht fördernd.

Sämtliche Meldungen über Erfolge gegen dieses janusköpfige Problem sind mit größter Zurückhaltung zu beurteilen.

1876 machte sich Hufeland schon Gedanken über die psychologische Prädisposition, unter der sich ein Mensch zu einem dauernden Drogenabhängigen entwickelt. In seinen

Anmerkungen zu Immanuel Kants Schrift: »Von der Macht des Gemüths durch den bloßen Vorsatz seiner krankhaften Gefühle Meister zu sein«, führte er folgendes aus:

»Unglaublich ist es, was ein Mensch vermag, auch im Physischen, durch die Kraft des festen Willens; und so auch durch die Noth, die oft allein einen solchen Willen hervorzubringen vermag. Woher kommt es, daß die arbeitende, durch Noth oder Pflicht zur Arbeit getriebene Klasse viel weniger kränkelt als die müßiggehende? Hauptsächlich daher, daß jene keine Zeit hat, krank zu sein, und also eine Menge von Anwandlungen von Krankheit übergeht, das heißt, in der Arbeit sie vergißt und dadurch wirklich überwindet und aufhebt, statt daß der Müßige den Gefühlen nachgehend und sie dadurch pflegend, dadurch oft den Keim zu Krankheiten ausbildet.«

Mir scheint, Hufeland ahnte die heutige gesellschaftliche Wirklichkeit voraus.

Literaturverzeichnis:

Goffman, Erving / 1973: Asyle – Über die soziale Situation psychiatrischer Patienten und anderer Insassen; Frankfurt am Main: Suhrkamp Verlag

Helmolts Weltgeschichte: 1913: Leipzig und Wien: Bibliographisches Institut

Laub, Gabriel / 1990: Die Geschichte der Feindschaft wider das Rauchen. In: Geschichte, Mai/Juni 1990. S. 30 bis 33

Menninger, Annerose / 1998: Vom »Tabaksaufen« zur Zigarette. In: Damals 6/1998. S. 58 bis 63

Seefelder, Mathias / 1996: Opium / Eine Kulturgeschichte; Hamburg: Nikol Verlag

Souli, Sofia / 1995: Griechische Mythologie; Athen: Verlag Michalis Toubis S.A.

Geiz

Vortrag von Bruder Wolfgang Glauche

Nach der christlichen Lehre ist Geiz eine der Sieben Todsünden. Solche Vergehen haben zur Folge, dass der Sünder dem geistigen Tod verfällt, das heißt, er ist nicht mehr im Gnadenstande. Laut Petrus Lombardus gehören zu den Todsünden: Hochmut, Geiz, Wollust, Zorn, Völlerei, Neid und Trägheit des Herzens. Einen verbindlichen und anerkannten Katalog gibt es allerdings nicht.

Der modernen Welt hat Mahatma Gandhi die folgenden Todsünden ins Stammbuch geschrieben:
> Reichtum ohne Arbeit
> Genuss ohne Gewissen
> Wissen ohne Charakter
> Geschäft ohne Moral
> Wissenschaft ohne Menschlichkeit
> Religion ohne Opferbereitschaft
> Politik ohne Prinzipien

In alten Lexika wird Geiz verstanden als ungezügelte Habgier, als zur Leidenschaft gewordener Erwerbs- und Spartrieb, der auch unerlaubte Erwerbsmittel nicht scheut und auf die Befriedigung notwendiger Bedürfnisse verzichtet.
Der höchste Grad des Geizes ist der schmutzige Geiz, der auch Filzigkeit genannt wird. Den davon Befallenen, die Geizhälse genannt werden, sagt man nach, dass sie zunehmend jegliches Ehrgefühl verlieren, bedenken- und skrupellos handeln.

Eine exemplarische Schilderung des Geizes als Knauserei hat uns Molière in seinem berühmten Lustspiel ‚L'Aware' hinterlassen. Vorlage für dieses Stück war ein wahres Geschehen.

Der Polizeichef von Paris, Tardieu, und seine Ehefrau waren im August 1665 in ihrem Haus in Paris überfallen, ausgeraubt und erschlagen worden.

Dieses Paar zu überfallen und auszurauben, war besonders leicht, weil deren Geiz exemplarisch war. Um nur kein Geld auszugeben, wurde auf handfeste Dienerschaft verzichtet. Auch eine stabile und gut verschließbare Haustür wurde eingespart. Bei der Kutsche, die dieses durchaus nicht arme Paar benutzte, konnte man von einem Wunder sprechen, dass sie überhaupt noch fuhr. Auch bei den Zugpferden wurde kräftig geknausert. Sie waren so schlecht ernährt, dass sie regelmäßig vor Hunger zusammenbrachen. Die heimischen Mahlzeiten des Paares bestanden aus trockenem Brot. Lediglich an Festtagen leistete man sich pro Nase ein halbes Ei.

Allerdings wurde selten zu Hause gegessen. Monsier Tardieu war nämlich ein Künstler darin, bei anderen zu schmarotzen und sich freihalten zu lassen. Seine Tischnachbarn taten aber gut daran, einigen Abstand zu halten, denn auch an der Reinigung der Kleidung und der Leibwäsche wurde gespart. Der Geruch, den die Tardieus verströmten, soll wahrhaft atemberaubend gewesen sein. Im Ergebnis ist zu sagen, dass die Tardieus sich ein durchaus nennenswertes Vermögen ergeizt hatten, um es dann, unter Hingabe des eigenen Lebens, den Räubern unfreiwillig zu überlassen.

Für Moliere war dieser Kriminalfall der Stoff, den er in seinem Stück ‚Der Geizige' verarbeitete.

Herzhaft lachen konnten die Zuschauer aber nicht. Die Darstellung der Hauptfigur als psychisch Kranken missfiel ihnen. Schließlich war es das bürgerliche Ideal dieser Zeit, rigoros zu sparen, um das eventuell Ererbte kräftig zu vermehren. Einen Mann, der die dazu erforderlichen Eigenschaften so intensiv vorlebte, durfte man nach ihrem Verständnis nicht als halbirren Soziopathen darstellen. Besonders ärgerte man sich darüber, dass Moliere die Ausrede der Geizigen – Geiz sei Sparsamkeit – lächerlich machte.

Sparsames Wirtschaften bedeutet, Reserven anzulegen, die später überlegt und zielbewusst eingesetzt werden.
Für den Geizigen hingegen ist das Geld nicht Mittel zum Zweck sondern Selbstzweck.
Für ihn sind auch kleinste Einsparungen, seien sie noch so unsinnig, Glücksmomente, weil er sie einer bösen feindlichen Welt abgetrotzt hat.
Der Geizige ist fest davon überzeugt, dass ihm die Welt weit mehr schuldet, als sie bereit ist, ihm zu geben.
Er meint sich sein Leben lang zur Wehr setzen zu müssen, gegen die Habgier seiner Umwelt und gegen die von ihr ausgehenden Verlockungen.
Die höchste Stufe des Glücks sieht der Geizige in seiner ökonomischen und emotionalen Autarkie.
Der Endpunkt ausufernden Geizes führt daher in die Isolation und in die totale soziale Verarmung.
 Geiz ist einer Religion vergleichbar.
Für den Geizigen ist sein Geld sein Leben, sein Blut, sein Ein und Alles.

Geiz ist ein Wirtschafts- und Sozialverhalten, das von den Trägern der Meinungsbildung als gravierende Abweichung von den anerkannten moralischen Normen ökonomischen Verhaltens angesehen wird.

Geiz ist also keine feststehende Größe.

Geiz wird immer im Vergleich festgestellt, als eine Anstoß erregende Übertretung der jeweils geltenden Normen.

Der sozial verträgliche Umgang mit Geld und die aus seinem Besitz resultierenden Pflichten, sind ständigen Wandlungen unterworfen.

Der Adel zur Zeit Molieres war zum großzügigen Umgang mit Geld, ja, fast schon zu seiner Verachtung aufgefordert.

Ein knickriger Aristokrat wäre von seinen Standesgenossen ausgestoßen worden. Die Devise des Adels lautete:

Geld ist der Götze der Krämer und der Wucherer.

Der Edelmann hat dem König und dem Gemeinwohl Besseres zu bieten; nämlich Tapferkeit, Blut und Leben.

Aus diesem Grunde zahlte der Adel auch keine Steuern; der Bürger aber wohl.

Es kam also auf den sozialen und ökonomischen Standort an, wenn man klären wollte, ob es sich bei einem bestimmten Verhalten um haushälterische Sparsamkeit oder um Geiz handelte.

Ein Muster eines Geizhalses war der englische Bankier James »Jemmy« Wood (1756 bis 1836) aus Gloucester. Er war das Vorbild für Charles Dickens´ Mister Scrooge und für den im Geld badenden Dagobert Duck von Walt Disney. Schon zu seinen Lebzeiten existierten über ihn Anekdoten, Geschichten und Legenden. »Jemmy« Wood starb als der reichste englische Nichtadlige seiner Zeit.

Seine Bank betrieb er in einem dunklen Ladenlokal, in dem er auch Schiffszubehör verkaufte. Höchstpersönlich bediente er seine Kundschaft und beschwor zum Beispiel Dienstmädchen, die bei ihm Stoff kauften, doch eine Elle mehr zu nehmen.

Er war als Geizhals eine Legende. Besucher aus London reisten an, um »Jemmy« persönlich zu erleben.

Auf Sparbücher zahlte er nur dann Zinsen, wenn sie vorher ausdrücklich vereinbart waren. Wer bei ihm Geld wechseln wollte, musste eine saftige Gebühr zahlen. Almosen und Spenden gab er aus Prinzip nicht, denn er meinte, dass er damit nur Faulenzer und Schmarotzer fördern würde.

Er lag aber offenbar im Trend, wie man heute sagen würde. Gerade die kleinen Leute legten bei ihm ihre meist bescheidenen Ersparnisse an. Sie sagten sich, dass ihr Geld bei einem Geizhals, der sich selbst nichts gönnt, besonders sicher sei. Damit sollten sie Recht behalten.

In der Bankenkrise der 1820′er Jahre war die Bank von »Jemmy« Wood eine der wenigen, die ihre Verpflichtungen in vollem Umfange erfüllten. Wood war wohl geizig, aber sich auch seiner Funktion, die er mit dieser gelebten Eigenschaft für seine Kunden innehatte, bewusst.

Einen letzten Akzent setzte er mit seinem Testament. Er hatte es so geschickt abgefasst, dass unter seinen Möchtegern-Erben binnen kurzem ein heftiger Streit ausbrach, der die Gerichte über mehrere Jahrzehnte beschäftigte. Am Ende standen alle Erbwilligen blamiert und wie begossene Pudel da.

Der Streit über die richtige Wirtschaftsstrategie und über eine angemessene Wirtschaftsethik dauert weiter an. Er hat sich nur in andere soziale Millieus verlagert. Darüber, was Geiz und Sparsamkeit und was Verschwendung ist, wird in unserer Zeit zwischen Bildungs- und Wirtschaftsbürgertum, zwischen Industriellen und Professoren, Managern und Lehrern gestritten.

Aber auch in Paarbeziehungen spielt Geiz in der Gegenwart zunehmend eine große Rolle. Er stellt zunehmend eine Gefahr für Freundschaft, Partnerschaft und Liebe dar.

Aus einer Umfrage einer Partnervermittlung ergab sich, dass bei Frauen auf Männersuche »geizig« als negative Eigenschaft an erster Stelle steht. Achtzig Prozent der befragten Frauen fanden Knauserigkeit abschreckend, bei den Männern wollten Fünfzig Prozent keine geizige Frau.

Geiz wird demnach, zumindest gefühlt, als ein riesiges Problem gesehen. Dabei lebt unsere Gesellschaft doch in einem bisher ungekannten Wohlstand.

Der Paartherapeut Wolfgang Schmidbauer meint, dass Geldgier und Angst vor dem sozialen Absturz in unserer Konsumgesellschaft das Mitgefühl zerstören.

Er meint weiter:

»Wenn Menschen sich ihrer Gefühle ganz unsicher werden, dann orientieren sie sich am Geld.«

Nach seiner Erfahrung mehren sich die Klagen von Hilfesuchenden über geizige Partner.

Es heißt, dass Geiz gleich nach Verschwendungssucht als häufigster Grund für Eheprobleme genannt wird.

Je geiziger ein Partner ist, desto mehr neigt der andere zum Geldausgeben, um so gegen die Knickerigkeit zu protestieren.

Es stellt sich allerdings die Frage, wann gesunde Sparsamkeit in krankhaften Geiz übergeht.

Dazu meint Wolfgang Schmidbauer:

»Geiz beginnt, wenn jemand sich selbst oder einem anderen schadet.«

Geizhälse nehmen keine Rücksicht auf Verluste anderer. Ihre Gier ist Selbstzweck und größer als jegliches Mitgefühl. Sie wollen immer mehr, aber geben wollen sie nicht.

Aus Italien stammt der folgende Spruch:

»Der Geizhals und das fette Schwein sind erst nach dem Tod nützlich.«
Wenn wir mit uns ehrlich sind, müssen wir zugeben , dass in jedem von uns ein Stückchen Geizhals steckt.
Warum das so ist und wenn wir wissen wollen, woran wir arbeiten müssen, wenn wir nicht mit einem schlachtreifen, dicken Speck tragenden Borstenvieh verglichen werden wollen; hilft uns vielleicht die folgende kleine Geschichte weiter.
Sie soll sich irgendwann in einem kleinen Dorf in Galizien, zwischen Donau und Don, zugetragen haben:
Ein Bauer dieses Dorfes kam zum Rabbi und beklagte sich bitterlich darüber, dass die Menschen immer rücksichtsloser und egoistischer geworden seien.
Der Rabbi, nach kurzem Nachdenken, winkte ihn zu sich heran und führte ihn zum Fenster. »Was siehst du?«, fragte er ihn.
»Ich sehe unsere Häuser, die Mägde und Knechte die aufs Feld hinausgehen, den Sonnenschein und die Gänse auf dem Dorfteich!«, antwortete der Bauer.
Der Rabbi nickte bejahend und führte ihn vor den Spiegel und fragte erneut: »Was siehst du?«
Darauf der Bauer: »Ich sehe mich!«
»Genau das ist es!« meinte der Rabbi. »Der Spiegel besteht aus dem gleichen Glas wie das Fenster. Aber wenn man es mit etwas Silber hinterlegt, sieht der Mensch nur noch sich selbst!«

Literaturhinweis

Prof. Dr. Volker Reinhardt / 2009: Erbärmliche und prunk-volle Geizhälse. In Damals 8/2009. S.69 bis 73

Brenda Strohmaier / 2011: Kampf dem Geiz. In: Welt am Sonntag vom 15. Mai 2011

Die Kaiserlichen Yachten ‚Meteor'

Vortrag von Bruder Wolfgang Glauche

Dass Kaiser Wilhelm II. marinebegeistert, ja geradezu marineverrückt war, ist hinlänglich bekannt. Dies drückt sich auch in seinem überlieferten Ausspruch aus:
»Unsere Zukunft liegt auf dem Wasser.«
Diese Begeisterung hatte handfeste Hintergründe. Bereits in der Biedermeierzeit schrieb Friedrich List, der vielfach als Begründer der deutschen Volkswirtschaftslehre gesehen wird:

»Die See ist der Tummelplatz der Kraft und des Unternehmergeistes für alle Völker der Erde und die Wiege der Freiheit. Die See ist die fette Gemeinschaftsrifft, auf welcher alle wirtschaftlichen Nationen ihre Herden zur Mastung treiben. Wer an der See keinen Anteil hat, der ist ausgeschlossen von den guten Dingen und Ehren der Welt – der ist unseres lieben Herrgotts Stiefkind!«

Dass in dieser Aussage viel Wahrheit steckte, konnte Wilhelm bereits in jungen Jahren feststellen, wenn er als junger Prinz zu Besuchen bei seiner Großmutter Queen Viktoria, deren Name eine ganze Epoche kennzeichnet, in England weilte. Er sah, worauf Glanz, Ruhm und wirtschaftliche Macht des Britischen Empires beruhten – auf der Flotte. Zudem fand alljährlich im August in Cowes eine Rennwoche statt, bei der die jeweils besten englischen und amerikanischen Segelyachten gegeneinander antraten. Diese Cowes-Week besuchte er übrigens noch als Deutscher Kaiser bis 1895 regelmäßig.

An den deutschen Küsten gab es derartiges nicht.

Der erste deutsche Yachtclub »Rhe« wurde 1855 in Königsberg (Ostpreußen) gegründet. Auf Grund seiner Lage im äußersten Osten Preußens hatte er aber keinen merkbaren Einfluss auf die Entwicklung des Segelsportes an den deutschen Küsten.
Führend im Bau von leistungsfähigen Yachten waren damals Großbritannien und die Vereinigten Staaten.
Admiral Tietgens brachte 1864 ein amerikanisches Schwertboot nach Hamburg, wodurch der deutsche Bootsbau deutlich angeregt wurde.
Im Jahr 1868 wurde der Norddeutsche Regattaverein in Hamburg gegründet, dem dann 1879 in Bremen die Gründung eines weiteren Yachtclubs folgte.
Die erste sportmäßige Wettfahrt in deutschen Gewässern fand 1881 in der Kieler Förde statt. Nur zwei der beteiligten Boote waren von dem einzigen namhaften deutschen Schiffbaumeister Säfkow auf Kiel gelegt worden.
Bei dieser Wettfahrt zeigten sich die Vorteile der strömungslosen Kieler Förde für Segelregatten. 1882 begann daher der Norddeutsche Regattaverein dort regelmäßig Wettfahrten abzuhalten. Der Segelsport begann so populär zu werden. Es fanden sich immer mehr Seeoffiziere, die sich für diesen Sport begeisterten, so dass 1883 ein weiterer Verein, der Friedrichsorter Regattaverein, gegründet werden konnte. An den Wettfahrten dieses Vereins beteiligte sich auch Prinz Heinrich.
Für die Ausbildung der Seeoffiziere im Segelsport wurden eigens Kreuzeryachten angeschafft, wodurch die Zahl der Segelsportler in der Marine stark anstieg.

Unter dem Protektorat des Prinzen Heinrich wurde am 12. Februar 1887 in Kiel der Marine-Regattaverein gegründet. Kaiser Wilhelm II. wohnte erstmals im Juni 1889 einer Wettfahrt des Marine-Regattavereins bei. Die Boote, die daran teilnahmen, konnten sich allerdings in keiner Weise mit den Yachten vergleichen, die er regelmäßig in Cowes beim Royal-Yacht-Club, dem vornehmsten und besten Segelclub der Welt zu sehen bekam. Dort waren stets hunderte der feinsten und modernsten Yachten zu bewundern.

Besonders angetan war der Kaiser, noch als Prinz, von der schottischen Stahlyacht ‚Thistle'. Dieses Boot war der zu seiner Zeit größte Rennkutter und war 1887 an der Mündung des Clyde vom Stapel gelaufen. Nachdem Prinz Wilhelm 1888 Deutscher Kaiser wurde, kaufte er diese Yacht 1891 für 90 000 Goldmark und taufte sie in ‚Meteor' um.

Mit diesem Namen sollte es insgesamt fünf Kaiserliche Yachten geben.

Am 2. Mai 1891 wurde der Marine-Regattaverein in Kaiserlicher Yachtclub umbenannt. Der Kaiser ernannte sich selbst zum Kommodore. Prinz Heinrich, sein Bruder, wurde Vizekommodore.

Mit seiner Yacht, der ersten ‚Meteor', nahm der Kaiser regelmäßig an Wettfahrten seines Clubs teil. Auch bei der Cowes-Week segelte er um den Pokal der Königin mit.

1894 wurde vom Kaiser die Kieler-Woche ins Leben gerufen, für die er zahlreiche Preise stiftete. Die Kieler Woche 1895 wurde zu einem besonderen Ereignis. Sie schloss sich nämlich direkt an die Eröffnung des Kaiser-Wilhelm-Kanals (Nord-Ostsee-Kanal) an. Rund 200 Yachten aus aller Welt nahmen an dieser Rennwoche teil. Die große öffentliche Anteilnahme an diesem Ereignis führte zu einem gewaltigen

Anstieg der Mitgliederzahl des Kaiserlichen Yachtclubs. Bei der Gründung des Clubs waren etwa dreißig Yachten im Bestand, jetzt waren es über hundert.

Um deutsche und englische Segler zusammen zu bringen, rief Kaiser Wilhelm II. 1895 eine nur für englische Yachten offene Wettfahrt von Dover nach Helgoland ins Leben. 1904 wurde diese Regatta auch für Yachten aus anderen Ländern geöffnet.

Der schottische Bootsbauer George Lennox Watson, der auch den ersten »Meteor« konstruiert hatte, erhielt 1896 den Auftrag, einen neuen, größeren und schnelleren Meteor zu bauen.

Nach Fertigstellung des zweiten ‚Meteor' schenkte der Kaiser die erste Yacht der Marine. Das Boot wurde in ‚Comet' umgetauft und diente der Marine künftig zur Ausbildung von deutschen Yachtmatrosen, denn daran mangelte es.

Die reichen Yachteigner waren bislang gezwungen, englische Yachtmatrosen anzuwerben. Durch die Ausbildung deutscher Yachtmatrosen wurde der Segelsport weiter belebt, denn jetzt konnten gut ausgebildete Mannschaften auch im Inland angeheuert werden.

Die ‚Meteor II' war über einige Jahre die schnellste Segelyacht ihrer Größe. Erst 1901 wurde sie von der neueren englischen Yacht ‚Sybarita' übertroffen.

Der Segelsport bot dem Kaiser immer wieder Anlass und Gelegenheit zu markigen Reden, bei denen es immer um Seehandel und dessen nötigem Schutz durch eine starke Seestreitmacht ging.

Im Jahr 1900 wurde der Flügeladjutant des Kaisers, Admiral von Arnim, Präsident des Kaiserlichen Yachtclubs. Unter seiner Leitung wuchs der Yachtenbestand auf 300

Boote an. Die Zahl der Mitglieder erhöhte sich bis 1912 auf 3500.

Mit besonderem Interesse verfolgte der Kaiser den damals weltweit führenden amerikanischen Yachtbau. Um 1900 gefiel ihm besonders eine außergewöhnlich schöne Rennyacht, die ‚Yampa‘, die er kurzerhand kaufte und der Kaiserin unter dem Namen ‚Iduna‘ zum Geschenk machte.

Da die Yacht ‚Meteor II‘, wie bereits erwähnt, nicht mehr das schnellste Boot war, gab er ein neues in Auftrag. Die ‚Meteor II‘ schenkte er wiederum der Marine für Ausbildungszwecke.

Diese neue Yacht sollte in den Vereinigten Staaten gebaut werden. Nach den Plänen von Cary Smith wurde sie auf Shooters Island nahe New York gebaut. Am 25. Februar 1902 wurde sie von Alice Roosevelt auf den Namen ‚Meteor‘ getauft.

Es entwickelte sich eine deutsch-amerikanische Segelfreundschaft, die zu der Idee führte, neben dem America´s Cup, der nur von englischen und amerikanischen Rennyachten ausgesegelt wurde, auch deutsch-amerikanische Sonderklassen-Wettfahrten ins Leben zu rufen. So wurde 1906 in Marblehead, dem Segelrevier des Eastern Yacht Clubs, um den Roosevelt-Pokal und 1907 in der Kieler Förde um den Kaiser-Wilhelm-Pokal gesegelt.

1908 erwuchs der ‚Meteor III‘ in der Yacht ‚Germania‘ des Industriebarons Gustav Krupp von Bohlen und Halbach eine kaum zu bezwingende Konkurrenz. 1910 verkaufte daher der Kaiser seine ‚Meteor III‘ an den Schwiegersohn von Werner von Siemens, der sie in ‚Nordstern‘ umtaufte.

Die neue kaiserliche Yacht Meteor IV kam diesmal aus Deutschland, denn der heimische Bootsbau hatte gewaltig aufgeholt und war dem ausländischen Yachtbau inzwischen ebenbürtig.

Entworfen wurde die Yacht von Max Oertz. Der Bau erfolgte dann auf der Germania-Werft in Kiel, wo bereits die ‚Germania' des Barons Krupp von Bohlen und Halbach gebaut worden war. Mit dieser ‚Meteor IV' gelangen dem Kaiser einige Segelerfolge.

Die letzte und größte kaiserliche Rennyacht, die ‚Meteor V', lief 1914 vom Stapel, ebenfalls von Max Oertz konstruiert und auf der Germania-Werft in Kiel gebaut. Schon kurz nach ihrer feierlichen Indienststellung gewann sie ihr erstes Rennen, die Elbregatta.

Weitere Siege der kaiserlichen Rennyacht gab es aber nicht zu feiern, denn der I. Weltkrieg warf bereits seine Schatten voraus.

Die ‚Meteor V' befand sich im Frühsommer 1914, zusammen mit vielen anderen Rennyachten in Cowes, zur Vorbereitung auf die Wettfahrten der Cowes-Week. Als die Kriegsgefahr sich immer drohender zeigte, fuhr Prinz Heinrich persönlich an Bord eines Zerstörers der Kaiserlichen Marine nach Cowes, um die Yacht, die keinen Hilfsmotor hatte, nach Deutschland zurück zu holen. So entging sie dem Schicksal der Germania, die ebenfalls zur Vorbereitung auf die Rennen dort weilte. Diese Yacht wurde bei Kriegsbeginn beschlagnahmt und versteigert.

Damit endet die Geschichte der fünf kaiserlichen Rennyachten ‚Meteor'.

Berichten will ich aber noch von den Geschehnissen um die Schiffstaufe der ‚Meteor III'.

Wie bereits erwähnt, hatte Kaiser Wilhelm II. mit seiner

bisherigen Vorliebe für in England gebaute Yachten gebrochen und seine dritte Segelyacht in den Vereinigten Staaten in Auftrag gegeben. Der Bau dieser Yacht wurde von der Werft Townsend & Downey auf Shooters Island, einer Insel nahe Staten Island, ausgeführt. Heute ist diese Insel ein Vogelschutzgebiet.

Zur feierlichen Schiffstaufe am 25. Februar 1902 waren 2 000 Gäste geladen. Zu ihnen zählten Präsident Theodore Roosevelt, seine Gattin, der deutsche Botschafter und der eigens zu diesem Anlass auf der Yacht ‚Hohenzollern' angereiste Prinz Heinrich. Die Festgesellschaft kam unter Jubelrufen und Salutschüssen auf Shooters Island an.
Pünktlich um 10.40 Uhr zerschlug Alice Roosevelt, die Tochter des amerikanischen Präsidenten, die bei Schiffstaufen übliche Flasche Schaumwein an der Bordwand des Bootskörpers der neuen kaiserlichen Yacht und sprach dazu in englischer Sprache:
»Im Namen des Deutschen Kaisers taufe ich dich ‚Meteor'.«
Danach zertrennte sie die letzten das Schiff haltenden Seile mit einem silbernen Beil und die Yacht glitt ins Wasser.

Gleich im Anschluss an diesen feierlichen Akt kabelte Prinz Heinrich an den Kaiser:
»Soeben ist bei glänzender Beteiligung, von Miss Roosevelts Hand getauft, das schöne Schiff unter großer Begeisterung vom Stapel gelaufen. Ich gratuliere von ganzem Herzen.«

Dieses Bild eines rauschenden Festes war aber trügerisch, denn es kündigte sich Ungemach an, welches die Gemüter noch stark erregen sollte.

Im Deutschen Reich, aber auch anderswo, etwa in Milwaukee, der Stadt der Amerikadeutschen, ging man selbstverständlich davon aus, dass die Yacht des Kaisers mit deutschem Sekt getauft worden war. Dass so verfahren werden sollte, war dem Festkomitee schon Wochen vor dem Stapellauf von dem Botschafter des Deutschen Reiches und den Vertretern der Amerikadeutschen eindringlich nahe gelegt worden.

Das deutsch-amerikanische Vorbereitungsgremium hatte dem auch zugestimmt. Schließlich hatte ja Kaiser Wilhelm II. der Bitte der Firma Söhnlein & Co. aus Schierstein am Rhein, den Sekt für den Taufakt bereitstellen zu dürfen, ausdrücklich zugestimmt. Auch war eigens für den Taufakt über die deutsche Botschaft der Werft eine Magnumflasche der Marke ‚Söhnlein Rheingold' zugestellt worden.

Von der deutschen Kolonie in Milwaukee war extra für die Schiffstaufe ein Etui aus besonders feinem Leder gestiftet worden, in dem die Sektflasche am Bug der Yacht zerschellen sollte. Auf dem Deckel dieses ledernen Behältnisses war folgende Widmung eingraviert:

»Des deutschen Rheines flüssiges Gold, kredenzt von der deutschesten Stadt des Landes als ein Trankopfer der unverbrüchlichen Freundschaft zwischen den beiden Nationen, welche unseren Herzen am nächsten stehen.
Milwaukee im Februar 1902.«

Es wurde selbstverständlich davon ausgegangen, dass die Segelyacht des Kaisers mit deutschem Sekt getauft worden war. Denn bereits Kaiser Wilhelm I. hatte angeordnet, dass alle Kriegsschiffe des Deutschen Reiches mit deutschem Sekt zu taufen seien.

Aber nach einigen Tagen gab es eine böse Überraschung. Französische Zeitungen berichteten:

»Die Yacht des Deutschen Kaisers, ‚Meteor', wurde heute von Mademoiselle Alice Roosevelt ... trotz stärkster Konkurrenz mit einer Flasche Moét & Chandon, White Star, getauft. Dies ist für eine Champagnermarke der größte Erfolg, von dem man je gehört hat. Herzlichen Glückwunsch.«

Diese Behauptung, die von Moét & Chandon auch noch in ganzseitigen Anzeigen in großen Zeitungen werbewirksam vermarktet wurde, führte zu lautstarken offiziellen Protesten und zu öffentlichen Auseinandersetzungen.

Es stellte sich später heraus, dass die Yacht des Kaisers tatsächlich mit französischem Champagner getauft worden war.

Die Firma Söhnlein gab Erklärungen heraus, in denen es hieß, dass ihr Sekt bei der Taufe verwendet wurde und der deutsche Botschafter Geo A. Kessler erklärte:

»Bei der Taufe der ‚Meteor' ist ‚Rheingold' verwandt worden.«

Moét & Chandon ließ in Anzeigen eine Depesche von Wallace Downey, dem Präsidenten der Schiffswerft an Moet & Chandon abdrucken, in der dieser erklärte, dass Champagner dieser Firma bei der Schiffstaufe verwendet wurde.

Auch eine eidesstattliche Erklärung eines New Yorker Notars wurde zur Bestätigung dieses Sachverhaltes veröffentlicht.

Der Ton wurde immer heftiger und in der Presse sprach man von einem deutsch-französischen »Champagnerkrieg«. Schließlich reichte Moét & Chandon bei einem deutschen Gericht Klage ein und verlangte von Söhnlein eine Million

Goldmark Schdenersatz. Dazu wurde hämisch erklärt, dass, sollte Söhnlein verurteilt werden, man noch eine weitere Million dazulegen würde. Dieses Geld solle dann der Gattin des Prinzen Heinrich übergeben und für wohltätige Zwecke in Deutschland verwendet werden.

Am 13. November 1902 begann der Prozess vor dem Königlichen Landgericht in Wiesbaden. Im Verlauf der Verhandlung ergab sich, dass das von der Stadt Milwaukee gestiftete Lederetui tatsächlich zur Taufe bereitlag. Ferner stellte sich heraus, dass der Eigentümer der Werft hinter vorgehaltener Hand eine Übereinkunft mit dem Vertreter von Moët & Chandon getroffen hatte, für die er 6 000 $ kassiert hatte, mit der Verpflichtung, dafür zu sorgen, dass die Taufe der Yacht mit französischem Sekt erfolgen würde. Das Lederetui, das den deutschen Sekt enthalten sollte, war nur zur Täuschung der Anwesenden verwendet worden.

Am 7. November 1903 wurde die Klage abgewiesen. In der Begründung hieß es, dass die Firma Söhnlein zwar die Unwahrheit gesagt hatte, dazu war es aber nur gekommen, weil ein bestechlicher Werftbesitzer und ein windiger Weinvertreter den erklärten Willen des Kaisers und der Offiziellen missachtet und zu gegenseitigem Vorteil gemeinsame Sache gemacht hatten.

Literaturhinweis:

Wikipedia

Professor Willy Stöwer/Admiralitätsrat Georg Wislicenus, Kaiser Wilhelm II. und die Marine. Verlag August Scherl, Berlin 1912

Dr. Rainer Gries/2002: Das Champagner-Scharmützel. In: Damals 2/2002. S. 59-63

Das gab es früher auch alles schon

Vortrag von Bruder Wolfgang Glauche

Wir sprechen seit geraumer Zeit von Immobilienblasen, Finanzkrisen, Schuldenkrisen, Finanzcrashs, Rettungsschirmen und Euro-Bonds. Dabei gehen wir davon aus, dass diese Erscheinungen und Entwicklungen typische Auswüchse unserer Zeit sind, die im Zeichen der Globalisierung steht und wir von ihnen plötzlich und unerwartet überrascht werden.

Richtig ist aber, dass es handfeste Wirtschaftskrisen, mit schwerwiegenden Folgen, schon in früheren Zeiten gab.

Zu nennen sind da beispielsweise die Handelskrise im Lager des Scipio vor Karthago, vor mehr als 2000 Jahren; die Florentiner Krise von 1345, während der die Handelsunternehmungen der Patrizier Scali, Peruzzi und Bardi zusammenbrachen; die Tulpenzwiebelkrise in Holland; die Südseeblase; John Law und sein Mississippi-Projekt und die Assignaten der Französischen Revolution. Auf die vier letztgenannten Beispiele werde ich im Besonderen eingehen.

Beginnen wir mit der Tulpenzwiebelkrise, auch Tulpenwahn genannt.

1560 kamen die ersten Tulpen aus Zentralasien über das Osmanische Reich nach Europa. Nach Holland, kam die Tulpe kurz vor 1600.

Der Siegeszug der Tulpenzwiebel war einzigartig. Besonders die durch den Ostindienhandel reich gewordene Kaufmannschaft war der Tulpe von Herzen zugetan. Konnte man doch mit der noch sehr seltenen Zwiebel in hervorragender Weise auf den eigenen wirtschaftlichen Erfolg verweisen. Sie wurde im Verborgenen gehalten und aus Prestigegründen nur seinesgleichen gezeigt. Sie wurde erst auch nicht gehandelt sondern getauscht.

Im ersten Drittel des 17. Jahrhunderts änderte sich das. Die Tulpenzwiebeln avancierten zum Spekulationsobjekt und wurden in Wirtshäusern gehandelt. Die Börse wurde nämlich erst 1708 gegründet.

Die zu dieser Zeit beliebteste Sorte kostete 1200 Gulden. Das war viermal so viel, wie ein Handwerker im Jahr verdienen konnte. Diese Preise sorgten dafür, dass immer mehr Menschen mit der Tulpe Geld verdienen wollten. Nach wenigen Jahren gab es ein Heer von Tulpenzüchtern und die Zahl der Tulpensorten stieg auf 500. Der Handel wurde immer hektischer. Es konnten sogar Optionsscheine auf Tulpenzwiebeln erworben werden. Auch eine Art von Futures auf Tulpenzwiebeln wurde gehandelt. 1636 kostete eine Zwiebel der Sorte Semper Augustus 10 000 Gulden (nach heutigem Geld etwa 300 000 Euro).

In der Hochphase der Spekulation wechselten die Zwiebeln mehrmals am Tag den Besitzer.

Im Februar 1637 kam der Zusammenbruch. Plötzlich kommt der Handel zum Erliegen. Der Auslöser war vermutlich ein einzelner Handelstag, an dem kein einziges Geschäft zustande kam.

Die Händler erfasste hysterische Panik und die potentiellen Käufer hielten sich zurück, weil sie ein kräftiges Überangebot erwarteten. Die Preise fielen auch prompt um etwa 90 %. Es lag eine riesige Zahl offener Kaufverträge vor, die von den Käufern nicht mehr erfüllt wurden.

Die Streitigkeiten darüber, wie diese faulen Papiere behandelt werden sollten, zogen sich über Jahre hin.

Die Städte forderten die Regierung auf, für eine landesweite Lösung zu sorgen. Diese erklärte sich aber für nicht zuständig.

Nach langem hin und her einigte man sich darauf, dass diese Papiere für drei bis fünf Prozent ihres Nennwertes einzulösen seien.

Viele Bürger hatten durch Spekulation ihre Existenz verloren, weil sie ihren Besitz verpfändet hatten, um an das benötigte Bargeld zu kommen.

Die Niederlande als Staat blieben aber weiterhin eine erfolgreiche Wirtschaftsnation. Das Wirtschaftsleben litt aber sehr lange unter einer tiefen Vertrauenskrise.

Über das Schicksal derer, die ihre Existenz verloren hatten und in bitterste Armut fielen, ist nichts bekannt. Man kann nur vermuten, was aus ihnen wurde.

Zu Beginn des 18. Jahrhunderts kam es zu einer weiteren Finanzkrise, diesmal in Großbritannien. Ausgelöst wurde sie durch die South Sea Company. Weshalb diese Krise auch South Sea Bubble (zu Deutsch: Südseeblase) genannt wurde.

Die Bezeichnung »Südsee« ist allerdings irreführend, weil der Südpazifik, an den wir dabei denken, damals noch weitgehend unerforscht war. Im frühen 18. Jahrhundert meinte der Begriff »Südsee« Südamerika und das umliegende Meer.

Die South Sea Company wurde von einer Gruppe englischer Bankiers gegründet. Der ursprüngliche Geschäftszweck war aber nicht der Handel mit der Südsee oder der Handel mit Sklaven.

Es ging vielmehr darum, die Schulden des Staates in Höhe von 10 Millionen Pfund Sterling zu finanzieren. Dafür erhielt die Gesellschaft 6% Zinsen und das Privileg, mit den spanischen Kolonien in Lateinamerika Handel treiben zu dürfen.

Besonders lukrativ war die Erlaubnis, die Schuldenübernahme durch Ausgabe eigener Aktien zu finanzieren. Anlass für diese Übereinkunft war der kostspielige Krieg, den Großbritannien mit Spanien führte.

Der Friede von Utrecht1713 war für die South Sea Company ernüchternd, denn die Geschäftsmöglichkeiten waren überschaubar, weil Spaniens Vorrechte in Südamerika kaum angetastet wurden. Lediglich ein Handelsschiff pro Jahr wurde der Gesellschaft zugestanden. Bis 1713 fand allerdings überhaupt kein Handel mit diesen Kolonien statt.

Was in diesen Jahren aber hervorragend funktionierte, war der Handel mit Sklaven. Während dieser Jahre sollen von der Gesellschaft in Westafrika 34 000 Sklaven gekauft und nach Amerika verschifft worden sein, wovon 30 000 dort lebend ankamen. Diese Sterblichkeitsrate war für den Sklavenhandel dieser Zeit erstaunlich gering.

Das Spekulationsfieber begann 1719, als die Gesellschaft nochmals neue Staatsschulden in Höhe von 1,7 Millionen Pfund Sterling durch Ausgabe neuer Aktien finanzierte.

1718 war es nämlich erneut zum Krieg mit Spanien gekommen und die Schulden des Staates wuchsen.

Die South Sea Company machte schließlich der Regierung das Angebot, den größten Teil der finanziellen Verpflichtungen zu übernehmen, für die Erlaubnis, Kapitalerhöhungen durch Ausgabe neuer Aktien, zu jedem Kurs ausführen zu dürfen.

Per Gesetz wurde der Gesellschaft daraufhin binnen kurzem erlaubt, Aktien im Nennwert von 31,5 Millionen Pfund Sterling auszugeben.

Die Gesellschaft erwartete, dass ein möglichst hoher Kurs für hohe Gewinne sorgen würde, weil eine relativ geringe

Zahl von Aktien ausreichte, die Staatsschulden zu finanzieren. Bis dahin stand der Kurs der Aktie mit einem Nennwert
von 100 Pfund noch bei 128 Pfund Sterling.

Hinter vorgehaltener Hand äußerten sich Direktoriumsmit-
glieder gegenüber potentiellen Kunden über hochprofitable
Geschäfte in Südamerika und über zu erwartende exor-
bitante Dividenden. Derart diskrete Hinweise verfehlten
natürlich nicht ihre Wirkung.

Die Nachfrage nach Aktien des Unternehmens stieg enorm
an. Das Geld der Anleger reichte bald nicht mehr. Es wurde
in Raten gezahlt und Kredite wurden aufgenommen. An der
Londoner Börse wurden schließlich auch noch Optionen auf
die Aktien der Gesellschaft gehandelt.

Es kam zu einer regelrechten Südseemania, die dazu führte,
dass eine ganze Reihe Trittbrettfahrer auf dem Parkett er-
schien, denn jede Geschäftsidee, die den Eindruck erweckte,
sie hätte etwas mit der Südsee zu tun, fand reißenden Ab-
satz.

Diejenigen, die in solche Unternehmungen investierten,
waren ihr Geld häufig sofort los, weil die Initiatoren meist
wieder ganz schnell von der Bildfläche verschwanden und
das Geld der Anleger mit ihnen.

Auf dem Höhepunkt der Spekulationswelle soll es an der
Londoner Börse 200 solch dubioser Unternehmungen gegeben haben.

Die Aktie der South Sea Company notierte zur gleichen
Zeit mit 1 000 Pfund Sterling und die Kapitalisierung der
Londoner Börse insgesamt soll sich auf 500 Millionen Pfund
belaufen haben. Das entsprach dem Fünffachen des seinerzeit in ganz Europa umlaufenden Bargeldes.

Die Spekulation mit den Aktien dieses Unternehmens war

nicht nur Sache englischer Anleger. Auch aus den Niederlanden, aus Frankreich und aus der Schweiz wurden Aktien erworben.

Im Sommer 1720 gab es erste Kursrückschläge, die sich zuerst immer wieder erholten. Doch dann verstärkten sich die Gerüchte über größere Aktienverkäufe von Direktoriumsmitgliedern und Großaktionären. Die Preise für neue Aktien mussten gesenkt werden. Trotzdem wurde es sehr schwierig, sie überhaupt an den Mann zu bringen.

Im September 1720 rutschte der Kurs der Aktie steil ab und war zum Ende des Jahres wieder bei 120 Pfund Sterling angelangt. Viele Anleger gerieten in Panik und verkauften ihre Aktien schnellstmöglich und zu nahezu jedem Preis.

Eine große Zahl von ihnen hatte sich durch Käufe auf Kredit hoch verschuldet und war jetzt finanziell ruiniert.

Viele Unternehmen kamen wegen Zahlungsunfähigkeit in wirtschaftliche Schwierigkeiten, an deren Folgen England insgesamt noch Jahre zu tragen hatte.

Wie immer bei folgenreichen Ereignissen üblich, wurden jetzt Schuldige gesucht und auch bald gefunden. Einige Minister hatten sich bestechen lassen und auch bei der Spekulation kräftig mitgemischt.

Auch gegen die Führung der South Sea Company wurde ermittelt. Einige der Direktoren wurden verhaftet. Ihr Vermögen wurde eingezogen.

Die Gesellschaft selbst bestand aber weiter und stellte ihre Geschäftstätigkeit erst 1853 ein.

Unter den Spekulanten, die sich mit diesen Aktien die Finger verbrannt hatten, waren namhafte Persönlichkeiten.

Einer von ihnen war Jonathan Swift. Er soll ein kleines Vermögen mit diesen Papieren verloren haben.

Die bei diesem Ausflug in die Welt der Spekulanten gemachten Erfahrungen sollen ihn zu »Gulliver's Reisen«, einem Werk der Weltliteratur, inspiriert haben.

Ein anderes prominentes Opfer war Isaac Newton. Seine Absicht, mit diesen Aktien viel Geld zu verdienen, hatte ihn 20 000 Pfund Sterling gekostet.

Sein Resümee lautete:

»Ich kann zwar die Bewegung der Himmelskörper berechnen, aber nicht die Verrücktheit der Menschen.«

Zeitgleich mit der Südseeblase spielte sich in Frankreich ebenfalls ein Spekulationsdrama ab – das Mississippi-Projekt.

Als Ludwig XIV. am 1. September 1715 starb, waren Schulden in Höhe von 2,4 Milliarden Livre ein wesentlicher Teil seines Erbes.

Die Wirtschaft war durch Kriege mit England, durch enorme Steuerlasten und durch Aufstände und Revolten fast zum Erliegen gekommen. Die zu erbringenden Schuldzinsen beliefen sich jährlich auf 90 Millionen Livre. Dem standen pro Jahr zu erwartende Steuern von etwa 160 Millionen Livre gegenüber. Kurz vor seinem Tode hatte der König allerdings die voraussichtlichen Steuereinnahmen für die nächsten drei Jahre schon ausgegeben. Der vorhandene Staatsschatz reichte auch bei weitem nicht zur Bedienung der Schulden und betrug lediglich 700 bis 800 Millionen Livre.

Die Schulden stiegen immer weiter an und 1716 drohte ein Defizit von fünf Milliarden Livre den Staat zu ruinieren.

Der Herzog von Orleans, der als Regent für den noch minderjährigen Thronfolger die Regierungsgeschäfte führte, suchte händeringend nach Auswegen aus dieser gefährlichen Situation.

Da tauchte, wie der legendäre Weiße Ritter, der Schotte John Law auf und versprach Abhilfe und die Lösung aller Probleme durch die Einführung von Papiergeld.

John Law of Lauriston, der Titel bezieht sich auf ein von seinem Vater erworbenes Landgut, wurde am 16. April 1671 in Edinburgh geboren und starb am 21. März 1729 in Venedig. Sein Vater war ein begüterter Goldschmiedemeister und Geldverleiher.

Nachdem der Vater früh verstorben war, ging John Law, mit einem beträchtlichen Erbe ausgestattet, nach London. Dort betätigte er sich eine Reihe von Jahren als Glücksspieler.

In einem Duell tötete er seinen Kontrahenten, wurde verhaftet, vor Gericht gebracht und zum Tode verurteilt.

Es gelang ihm aus der Haft zu fliehen und auf den Kontinent zu gelangen.

In den Niederlanden machte er sich mit dem Finanzsystem der Bank von Amsterdam bekannt und begann Theorien zur Einführung von Papiergeld zu entwickeln. Diese Theorien unterbreitete er an verschiedenen europäischen Höfen, wurde aber immer abgewiesen.

1716 fand er dann in Paris bei dem Herzog von Orleans, dem er 1707 in einem Spielcasino vorgestellt worden war, endlich ein offenes Ohr.

Als Protegé des Herzogs wurde John Law in der Folge schwerreich und zu einer der umschwärmtesten, schillerndsten Persönlichkeiten der Pariser Gesellschaft.

Nachdem er zum Katholizismus übergetreten war, wurde er zum Generalkontrolleur der Finanzen ernannt. Damit wurde er faktisch zum unumschränkten monetären Herrscher Frankreichs.

Die von John Law gegründete Mississippi-Compagnie, der er als Direktor vorstand, umfasste unter dem Namen Louisiana

Ländereien in der Neuen Welt, die etwa ein Drittel der Fläche des heutigen Staatsgebietes der USA ausmachten, wozu noch Kanada kam.

Nachdem John Law seine Ideen zur Schuldenverringerung durch die Einführung von Papiergeld vorgetragen hatte, durfte er 1716 die Banque Generale gründen, für die er das Privileg erhielt, eigene Banknoten herauszugeben.

Bei der Krone machte er sich dadurch beliebt, dass er die Aktien der Bank auch gegen unverkäufliche Staatspapiere verkaufte, die er zum vollen Nennwert annahm.

Die Bank machte ausgezeichnete Geschäfte und wurde schließlich von der Krone übernommen. Der Geschäftsgedanke der Bank war der, dass die von ihr ausgegebenen Banknoten durch den Wert von im Besitz der Bank befindlichen Ländereien gedeckt wurden. Diese Geldscheine waren auch an Stelle von Gold- und Silbermünzen zur Bezahlung der Steuern zugelassen.

Die Zahl der Banknoten war aber nicht begrenzt; sie wurden, auf höchste Anordnung, ständig nachgedruckt.

Mit dem Hof als direktem Geschäftspartner konnte Law jetzt noch ganz andere Geschäfte ins Auge fassen, denn die Bank war nur ein Teil seines Finanzsystems. Der zweite Teil war die Compagnie d´ Occident, auch Mississippi-Kompanie genannt. Diese bereits oben genannte Handelsgesellschaft hatte das Recht erhalten, die französischen Besitzungen am Mississippi zu erschließen und zu entwickeln.

In dieser Kolonie wurden reiche Vorkommen an Bodenschätzen, vor allem Gold vermutet.

Im Rahmen der Tätigkeit dieser Gesellschaft wurde an der Mississippimündung die Stadt La Novelle Orleans gegründet, das heutige New Orleans.

An Franzosen, die in der Kolonie ihr Glück versuchen

wollten, vergab die Gesellschaft Land, Kredite und andere Hilfsleistungen.

Die Schulden des Staates stiegen indessen immer weiter.

Law nutzte das Privileg der Bank zur Ausgabe von Banknoten immer intensiver und brachte immer größere Mengen frisch gedruckter Banknoten in Umlauf. Er kaufte damit das Tabakmonopol und die Handelsrechte der Senegalgesellschaft. Zuvor hatte er schon das Handelsmonopol für die nordamerikanischen Kolonien erworben.

Der Aktienkurs seiner Unternehmungen stieg jetzt deutlich an. Um sein Wirtschafts- und Handelsimperium abzurunden, erwarb er noch die Privilegien der Ostindischen- und der Chinesischen Compagnie. Alle diese, letztlich zum Papierwert, aufgekauften Gesellschaften verschmolz er zu einem Unternehmen.

Mahnende Stimmen, die vor einem Zusammenbruch, einem möglichen Bankrott warnten, blieben ungehört.

John Law ließ nichts unversucht, um seine Geschäfte voranzutreiben und stellte unermessliche Gewinne in Aussicht. Um weiteres Geld einzusammeln, wurden wieder neue Aktien ausgegeben.

Um die Kurse noch weiter zu treiben, versprach Law den Aktionären eine Anhebung der Dividende von 12% auf 40% des Nennwertes.

Der Aktienkurs kletterte von 500 Livre auf ungeheure 18 000 Livre.

Jetzt machten einige Aktionäre etwas, womit Law nicht gerechnet hatte. Sie stiegen aus und nahmen ihre dicken Gewinne mit. Den folgenden Kurseinbruch kompensierte John Law durch den Kauf einer größeren Zahl eigener Aktien, die er allerdings auch mit selbst gedrucktem Geld bezahlte.

Um der Öffentlichkeit deutlich zu machen, dass es in Übersee gut voranging und die Aktien ein tolles Geschäft waren, ließ Law einige tausend Leute anheuern, die mit Schippen und Hacken ausgerüstet tagelang kreuz und quer durch Paris marschierten. Dazu wurde verbreitet, dass diese Kolonnen auf dem Marsch in die Hafenstädte seien, um nach Louisiana eingeschifft zu werden. Dort sollten sie die Erschließungsarbeiten vorantreiben.

Nach Aussagen John Laws waren bis zum Mai 1720 500 große Schiffe zum Transport von Menschen und Material nach Louisiana gebaut oder gekauft worden.

Der Schock kam, als die Bank die vermehrt zurückfließenden Anteilscheine der Anleger, die Gewinne realisieren wollten, nicht mehr einlösen konnte. Die riesige Menge Papiergeld konnte man aber auch nicht mehr im Umlauf lassen, denn die Preise stiegen und stiegen und Papiergeld wollte keiner mehr annehmen.

Das Papiergeld war bei seinem inneren Wert angekommen, bei Null.

Um zu retten, was noch zu retten war, wurde John Law mit nahezu unbeschränkten Vollmachten ausgestattet. Der Preis für Gold und Silber wurde willkürlich nach den Bedürfnissen der Bank festgesetzt.

Schließlich wurde angeordnet, dass Gold und Silber abzuliefern seien. Außerdem wurde der Besitz von Edelmetallen unter Strafe gestellt. Der Erwerb und Besitz von kostbarem Schmuck wurde verboten. Selbst der Besitz von Bargeld, wenn er 500 Livre überstieg, wurde untersagt.

Die nächste Maßnahme zur Rettung des Law'schen Finanzsystems war die Halbierung des Wertes der Banknoten.

Dieses Gesetz wurde aber sofort zurückgenommen, weil ganz Frankreich in Aufruhr geriet. John Law's Unternehmen brachen zusammen. Er selbst rettete sich durch heimliche Flucht.

Ihm wurde die alleinige Schuld an dem Desaster zugewiesen.

Ganz Frankreich war von diesem verheerenden Finanzdebakel betroffen. Die Bevölkerung war von den enormen Preissteigerungen und der Münzverschlechterung in Mitleidenschaft gezogen worden. Eine Konkurswelle wie in England gab es in Frankreich allerdings nicht. Das lag daran, dass viele Kaufleute und Bankiers rechtzeitig abgesprungen waren.

Anders sah es beim Adel aus. So mancher Adlige war durch das Platzen der Spekulationsblase deutlich ärmer geworden. John Law, der geistige Vater des Geschehens, starb 1729 verarmt in Venedig.

Die Folge der missglückten Einführung von Papiergeld war ein tief sitzendes Misstrauen gegen diese Art von Geld. Trotzdem wurde während der Französischen Revolution erneut Zwangspapiergeld eingeführt. Es begann damit, dass die Nationalversammlung beschloss, die Kirchengüter entschädigungslos einzuziehen, um mit deren Verkauf die enormen Schulden des Staates abzutragen. Da es nicht möglich war, diese Ländereien in kurzer Zeit zu verkaufen, zahlte man den Gläubigern die Schuld in Assignaten. Der Begriff ist von assignation = Anweisung abgeleitet.

Diese Assignaten, Staatsanleihen vergleichbar, wurden anfänglich verzinst. Sie konnten auch gegen enteignete Güter getauscht werden.

Tatsächlich wurden sie aber an Geldes statt in Umlauf gebracht. Wohl auch deshalb, weil ihre Besitzer nicht wussten, wie die politische Entwicklung weitergehen würde und ob ein solcher Landerwerb wirklich von Dauer wäre.

Die Assignaten entwickelten sich so zu einem üblichen Zahlungsmittel.

Mit der Behauptung, dass der Wert dieser Scheine durch die enteigneten Güter und deren wirtschaftlichem Ertrag gedeckt seien, versuchte man die Akzeptanz des Papiergeldes zu erhöhen.

Zeitgleich wurde der Besitz von Gold und Silber verboten und unter Strafe gestellt. Die Bevölkerung wurde zur Abgabe von in ihrem Besitz befindlichem Edelmetall aufgefordert.

Die ersten Assignaten wurden ab 14. Dezember 1789 ausgegeben, mit anfänglich durchaus positiver Wirkung.

Die französische Wirtschaft belebte sich wieder und die bäuerliche Bevölkerung begann sich merklich mit der Revolution zu solidarisieren, weil sie ehemaliges Kirchenland für sich nutzen durfte.

1790 wurde die Verzinsung der Assignaten aber bereits wieder eingestellt. Von der Revolutionsregierung wurden in immer größerer Zahl neu gedruckte Assignaten in Umlauf gebracht.

Der Wert der Scheine verringerte sich mehr und mehr. Das Vertrauen in das Papiergeld ging immer weiter zurück und wurde durch politische Instabilität zusätzlich geschädigt.

Im Februar 1793 standen die Assignaten nur noch bei 50 % ihres Nennwertes.

Die Warenpreise stiegen währenddessen immer stärker an, was dazu führte, dass Lebensmittel gehortet wurden.

Dieses Horten wurde per Gesetz vom 26. Juli 1793 unter Strafe gestellt und im September des gleichen Jahres wurden Höchstpreise für so genannte Grundnahrungsmittel festgesetzt.

Die Inflation war aber nicht aufzuhalten. Im April 1795 war der Wert der Assignaten auf 8 % des Nennwertes gesunken. Händler und Kaufleute weigerten sich, Assignaten als Bezahlung für Waren und Dienstleistungen anzunehmen. Handwerker, Tagelöhner und andere Lohnarbeiter, die mit Assignaten bezahlt wurden, gerieten in existenzielle Not und verarmten.

Im Februar 1796 wurden die Assignaten auf Anordnung des Direktoriums im Verhältnis 30 : 1 durch so genannte mandats teritoriaux ersetzt.

Am 18. März 1796 wurden die Assignaten endgültig außer Kurs gesetzt und durch diese Teritorialmandaten ersetzt.

Aber auch dieses neue Papiergeld verlor rasch an Wert und stand schon kurze Zeit nach seiner Einführung bei nur noch 3 % seines Nennwertes.

Am 21. Mai 1797 wurde das gesamte Papiergeld für ungültig erklärt.

Es wurde wieder Metallgeld eingeführt. Mit der Prägung silberner 5-Franc-Stücke hatte man bereits 1795 begonnen.

Auslöser für alle diese Krisen, so unterschiedlich sie sich auch darstellen mögen, war stets die dem Menschen innewohnende Hab - und Besitzgier.

Dass solche Krisen immer wieder vorkommen, kann als Indiz dafür gewertet werden, dass der Mensch, zumindest partiell, lernresistenter ist, als er von sich selbst annimmt.

Jede nachwachsende Generation hält sich für klüger als die Altvorderen und macht am Ende doch die gleichen Fehler.

Von Generation zu Generation wird immer mehr Wissen angehäuft. Das bedeutet aber nicht, dass deshalb auch klüger gehandelt wird.

Wir leben heute in einer bunten, glitzernden Märchenwelt, die ihren Wohlstand mit ungedecktem und beliebig reproduzierbarem Papiergeld finanziert.

Unser Geld ist schon lange kein Wertaufbewahrungsmittel mehr. Es ist bestenfalls einer nennwertlosen Stückaktie vergleichbar, die zu jedem Kurs gehandelt werden kann.

Das Geld ist nur noch eine Rechengröße, deren Wert einzig in dem Glauben daran besteht, dass man dafür Waren und Dienstleistungen eintauschen kann.

Das teuflische ist, dass ein Mensch, der sich an diesem Tauschhandel nicht beteiligen kann, oder an der Teilnahme gehindert wird, auch am gesellschaftlichen Leben nicht mehr beteiligt ist.

Geht der Glaube an den Wert des Geldes verloren, kommt jeglicher wirtschaftliche Verkehr zum Erliegen.

Mit dem »Produkt« Geld hält die Finanzwirtschaft die ganze Welt im Würgegriff und beherrscht sie.

Wie lange das noch gut gehen wird wissen wir nicht.

Es gibt da zwar die Wirtschaftswissenschaft, die vorgibt, alles was geschieht, erklären zu können.

Leider gelingt das aber immer erst im Nachhinein.

Als einzige Wissenschaft setzt sie auch auf Weise, die regelmäßig für jedes Jahr Zukunftsprognosen abgeben. Die Treffsicherheit dieser Aussagen ist jedoch selten höher als die eines Schamanen, der aus einem Haufen alter Knochen die Zukunft vorhersagt.

Es wird immer klarer, dass das von der Politik und der Finanzwelt gegebene Zahlungsversprechen nicht eingelöst werden wird.

Es gibt Stimmen, die sagen, dass dies von den Erfindern des bestehenden Finanzsystems auch nie beabsichtigt war.

Haften werden also wieder einmal die Bürger.

Voltaire äußerte seinerzeit:

»Papier kehrt immer zu seinem inneren Wert zurück – zu Null!«

Und die Geschichte lehrt uns: Ist dieser Punkt erreicht, beginnt das Spiel wieder von vorn und alle Welt macht mit, weil die Menschen von ihrer nicht zu stillenden Gier nach schnellen Gewinnen und der Sucht nach Bereicherung getrieben werden.

Bis es aber so weit ist, wird wieder vieles von dem passieren, was ich in den angeführten Beispielen beschrieben habe.

Es wird Steuererhöhungen, Inflation, staatlich verordnete Preise, schmerzhafte Währungsschnitte, die Zwangsabgabe von Edelmetallen und was die Phantasie sonst noch so zulässt geben.

Es würde mich von Herzen freuen, wenn ich mich irrte, fürchte aber, dass ich mit meiner Vermutung der Wahrheit dicht auf den Fersen bin.

Ein Trost bleibt aber: Auch dann wird das Leben weitergehen.

Literaturhinweis:

Meyers Konversationslexikon

Wikipedia

www.geldreform.de

zeitenwende.ch

www.faz.net

BoerseGo.de

Guy Fawkes

Vortrag von Bruder Wolfgang Glauche

Die Briten haben etwas, das es in Deutschland nur noch selten gibt und worauf wir nur mit Neid blicken können. Sie haben noch jahrhundertealte Traditionen.

Eine davon ist die alljährlich im Ratssaal (Lords Chamber) von Westminster stattfindende feierliche Parlamentseröffnung.

Während dieser Zeremonie hält der regierende Monarch, nachdem der Gentleman Usher of the Black Rod die Mitglieder des Unterhauses eingelassen hat, die von der Regierungspartei verfasste Thronrede.

Bevor aber der Monarch überhaupt das Palace of Westminster betritt, findet seit 1605 eine inzwischen zu einer Zeremonie gewordene Durchsuchung der Kellerräume durch die Yeomen of the Guard statt.

Grund dafür ist ein im letzten Augenblick am 5. November 1605 vereitelter Sprengstoffanschlag, an dem Guy Fawkes maßgeblich beteiligt war.

Als kampferprobter Offizier und Schießpulverexperte sollte er die Sprengung auslösen.

Mit diesem Attentat sollten König Jakob I., der Prinz von Wales, die Mitglieder des House of Lords, aus deren Reihen auch die höchsten Richter gestellt wurden und die Abgeordneten des House of Commons mit 9000 Pfund Schwarzpulver in die Luft gesprengt werden.

Darum wird dieser Anschlagsversuch auch Pulververschwörung (Gunpowder Plot) genannt.

Nach heutigen Berechnungen wären bei der Explosion dieser Menge Schwarzpulver auch alle Häuser im Umkreis von 1000 Metern völlig zerstört worden.

Guy Fawkes wurde am 13. April in Stonegate, Grafschaft Yorkshire geboren und in der Kirche Michael-le-Belfry getauft.

Er besuchte die St. Peter´s School und konvertierte mit 16 Jahren zum katholischen Glauben.

Guy Fawkes wurde Soldat, später Offizier und bildete sich im Umgang mit Schwarzpulver zum Feuerwerker aus. Er verließ England und trat in den Niederlanden in ein katholisches englisches Regiment ein, das auf Seiten des österreichischen Erzherzogs Albrecht VII. im so genannten Achtzigjährigen Krieg gegen die Protestanten kämpfte.

1596 nahm er als Fähnrich an der Belagerung und Einnahme von Calais teil. Er galt als tapferer und entschlossener Kämpfer.

Geplant wurde der Anschlag von Robert Catesby. Andere namentlich bekannte Mitverschwörer waren: Thomas Winter (Wintour) und sein Bruder Robert, Christopher Wright und dessen Bruder John, John Grant, Thomas Percy, Ambrose Rokewood, Robert Keyes, Sir Everard Digby, Francis Tresham und der Diener von Robert Catesby Thomas Bates.

Das Motiv für diesen Mordanschlag ist in den religiösen Gegensätzen und Rivalitäten der Zeit zu suchen, die sich immer wieder gewaltsam entluden und im Dreißigjährigen Krieg (1618 bis 1648) ihren Höhepunkt erreichten.

Auf den Britischen Inseln, namentlich Irland, sind die Nachwirkungen noch heute spürbar.

Im damaligen England waren die Katholiken erheblichen Diskriminierungen und Benachteiligungen ausgesetzt.

Der Versuch einer Invasion durch die Spanische Armada im Jahre 1588 war bei der protestantischen Mehrheit der

Bevölkerung noch in guter Erinnerung und die Angst vor einem von Jesuiten angezettelten Umsturzversuch groß.

Mit der Thronbesteigung von Jakob I., dem aus Schottland kommenden Sohn von Maria Stuart, verbanden die Katholiken dennoch die Hoffnung auf ein Toleranzgesetz, das ihnen wieder mehr Rechte einräumen würde. Diese Hoffnung erfüllte sich aber nicht.

Trotzdem war der Stand der Katholiken nach dem Regierungsantritt des neuen Königs zuerst besser als während der Regierungszeit von Elisabeth I. Das lag daran, dass die gegen die Katholiken gerichteten Gesetze nur noch selten und dann abgemildert zur Anwendung kamen. König Jakob war nicht daran gelegen, die Katholiken gegen sich zu haben. Vielleicht war das auf den Einfluss der Königin zurückzuführen, denn sie mied den anglikanischen Gottesdienst und unterhielt Kontakte zum päpstlichen Nuntius in Paris.

Großbritannien unterhielt nämlich zum Papst keine direkten diplomatischen Beziehungen; auch die Jesuiten waren des Landes verwiesen. Trotzdem waren etliche von ihnen illegal in England und predigten gegen die Krone. Wurden sie entdeckt, wartete der Henker auf sie.

Die katholischen Adligen in den Grafschaften hatten zu Beginn der Regierung von Jakob I. etwas größeren Spielraum zum Schutz ihrer Glaubensbrüder. Auch die Kapellen der katholischen ausländischen Gesandten wurden wieder zahlreich besucht.

In verschiedenen Provinzen, vor allem in Wales, fanden unter freiem Himmel Predigten und Gottesdienste mit tausenden von Teilnehmern statt.

Es wurde sogar das Gerücht gestreut, dass der König zum Katholizismus neigen würde.

Das war aber Wunschdenken, denn der Monarch musste Protestant sein, weil das für eine Regentschaft in Schottland und England unabdingbar war.

Dieser, den bestehenden Gesetzen entgegenstehende Schwebezustand, war auf Dauer nicht haltbar.
Selbst gemäßigte Berater missbilligten den Kurs des Königs.

Die puritanische Bewegung war damals in der anglikanischen Staatskirche sehr rührig und brachte auf der Kirchenkonferenz von Hampton Court (1604) einige bescheidene Reformwünsche vor, die vom König mit harschen Worten abgewiesen wurden.
Er befürchtete die gleichen, ihm missfallenden politischen Begleiterscheinungen wie in Schottland, die er auf die demokratische, tiefernste Religionsausübung dort zurückführte.
In Hampton Court äußerte er:
»Eine schottische Kirchenversammlung passt zur Monarchie wie Gott zum Teufel. ... Da kommen Jack, Tom, Will und Dick zusammen und kritisieren mich und meine Räte wie es ihnen gerade passt.«
Im Ergebnis wurde der Nonkonformismus, worunter man Ungläubigkeit verstand, unter Strafe gestellt.
Dieses Verbot bestand 84 Jahre. Zu den Nonkonformisten wurden protestantische Sekten wie die Wesleyaner, die Methodisten, die Quäker, die Unitarier, aber auch die Katholiken gerechnet.
Es dauerte bis zum Ende des 19. Jahrhunderts bis auch diese Gruppen schrittweise in ihren Rechten gleichgestellt wurden.

Die königliche Verweigerung einer Duldung des Puritanismus, innerhalb und außerhalb der Staatskirche, legte den Grundstein für den später ausbrechenden Bürgerkrieg.

Dadurch, dass er sich den protestantischen Puritanern verweigerte, konnte er auch den Katholiken gegenüber keine Zugeständnisse mehr machen, selbst wenn er es gewollt hätte.

Die vorübergehende Lockerung der antikatholischen Strafgesetze zeigte aber, wie groß die Zahl der Katholiken im Königreich war. Diese Tatsache löste Unruhe, Angst und Sorge bei der mehrheitlich protestantisch geprägten Bevölkerung aus.

Es drehte sich wieder eine gefährliche Spirale der Eskalation.

Die des Landes verwiesenen Jesuiten wirkten im Untergrund und riefen zum Sturz der bestehenden Ordnung auf, verbunden mit der Forderung nach Ausrottung des Protestantismus.

Dadurch sahen sich die Regierenden und die Protestanten zur Verfolgung des Katholizismus aufgerufen, wie sie schon zur Zeit der Regierung von Elisabeth I. gang und gäbe war.

Die Drohung mit der Ausrottung des Protestantismus nahm man durchaus ernst, denn die Bartholomäusnacht, auch Bluthochzeit genannt, vom 24. August 1572 in Paris, hatte man noch gut im Gedächtnis.

In dieser Nacht wurden mehr als 2000 hugenottische Adlige hinterhältig ermordet, unter ihnen auch das Oberhaupt der Hugenotten Admiral Coligny.

In den vier Wochen danach wurden in der französischen Provinz weitere 30 000 Protestanten erschlagen.

Aber kommen wir wieder zu England.

Die wieder einsetzende willkürliche, verstärkte Verfolgung der Katholiken führte bei vielen zur Zustimmung zu den jesuitischen Bestrebungen.

Das wurde noch dadurch verstärkt, dass katholische Priester in Gefängnisse geworfen wurden, in denen sie oft die üble Behandlung nicht überlebten.

Auch die katholischen Laien waren ständiger Willkür und Gewalt ausgesetzt. In ihre Häuser durfte zu jeder Zeit ungestraft eingedrungen werden, man beraubte sie und oft genug wurden sie auch erschlagen.

Manche resignierten, andere aber waren gewillt, sich zur Wehr zu setzen.

Zuerst hoffte man auf spanische Hilfe. Aber der Hof in Madrid winkte ab, man hatte jetzt andere Interessen. Das führte dazu, dass einige zum Kampf bereite junge Katholiken sich entschlossen, sich und ihren Glaubensbrüdern selbst zu helfen.

Besonders rührig waren dabei Angehörige der angesehenen und wohlhabenden Familien Tresham und Catesby aus Northampton. Sie hatten schon besonders schwer unter den antikatholischen Gesetzen gelitten.

Zu ihren Mitstreitern gehörten Mitglieder der Familien Winters und Huddington, mit denen sie verwandt waren.

Diese jungen Katholiken verweigerten der Regierung den Gehorsam und strebten eine gewaltsame Veränderung der Verhältnisse an. Ihnen schlossen sich noch die Brüder John und Christopher Wright an. Diese beiden gehörten zu denen, die gegen Ende der Regierungszeit von Königin Elisabeth I. öffentlich Toleranz und Glaubensfreiheit forderten.

Für diese Forderung waren sie ins Gefängnis gesteckt worden. Von der neuen Regierung hatten sie wenigstens Toleranz erwartet. Dass dies verweigert wurde, erbitterte sie erneut.

In den Niederlanden war beim Heer des Erzherzogs ein 1500 Mann starkes englisches Regiment aufgestellt worden, in dem nur Katholiken dienten und bei dem Gottesdienste und Seelsorge nur von Jesuiten vorgenommen wurde.

In diesem Regiment wurde offen über einen gewaltsamen Umsturz in England gesprochen. Diese Ansichten wurden über Paris auch an die Katholiken in England weiter getragen.

Robert Catesby war bei der Werbung in England für dieses Regiment besonders aktiv. Viele der Offiziere kannte er persönlich. Von dem Wortführer dieser Offiziere, einem gewissen Owen, wurde ihm Guy Fawkes als besonders geeignet für einen Sprengstoffanschlag empfohlen. Dieser reiste zusammen mit Christopher Wright, der gerade aus Spanien kam, nach England.

Den Verschwörern hatte sich ein weiterer Sympathisant angeschlossen, Thomas Percy, ein Verwandter des Herzogs von Northumberland. Dieser hatte durch Vermittlung des Herzogs eine Stelle in der königlichen Hofhaltung bekommen.

Percy war darüber empört, dass er dem Wort des Königs vertrauend, den Katholiken Hoffnungen gemacht hatte, die dieser nicht zu erfüllen gedachte.

Im Frühjahr 1604 kamen die Verschwörer zusammen, um in einem heiligen feierlichen Eid Verschwiegenheit zu geloben. Sie schworen, ohne Rücksicht auf die eigene Person, für die Sache der Katholiken einzustehen.

Ursprünglich wollte man noch einmal versuchen, mit einer Petition an das Parlament die Lage der Katholiken zu bessern. Das Verhalten des protestantisch dominierten Parlaments legte aber die Vermutung nahe, dass dessen

Beschlüsse für die Katholiken eher eine Verschlechterung der Situation bringen würden.

Man sah nur noch die Möglichkeit eines gewaltsamen Vorgehens.

Ein Anschlag nur auf den König oder auf seine Minister hätte nicht den gewünschten Erfolg gebracht, denn es war dann immer noch das protestantisch Parlament da, welches antikatholische Beschlüsse fassen konnte und es waren auch noch die protestantischen Lord-Richter da, die diese Beschlüsse umsetzen konnten.

Catesby machte daher den Vorschlag, sie allesamt in die Luft zu sprengen; und zwar genau an dem Ort, an dem sie diese verhassten Gesetze machten, in Westminster.

Gänzlich neu war dieser Gedanke nicht. Schon zur Regierungszeit von Elisabeth I. gab es derartige Überlegungen.

Die Verschwörer machten dem Jesuitensuperior Henry Garnet gegenüber nicht näher bestimmte Angaben zu einem möglichen Attentat, um seine Meinung dazu zu erfragen.

Dieser meinte, dass ein derartiger Anschlag rechtens sei. Man solle aber bestrebt sein, das Leben unschuldiger weitgehend zu schonen.

Weiter führte er aus, dass ein gerechtes Vorhaben es rechtfertigt, dass auch einige Unschuldige Opfer werden.

Noch im Dezember 1604 wurde mit den Vorbereitungen begonnen. Percy, der noch bei Hofe tätig war, mietete ein Haus an, das direkt an das Palace of Westminster angrenzte.

Man hatte ursprünglich vor, mit einer Mine die Grundmauern zu durchbrechen, um so unter die Sitzungsräume des Parlaments zu kommen. Zu diesem Vorhaben, das wohl kaum als durchdacht bezeichnet werden kann, kam es aber nicht, weil der Zufall half.

Es wurde nämlich ein Kellergewölbe unter Westminster frei, welches die Verschwörer anmieten konnten. Dort wurden die bereits oben erwähnten 9000 Pfund Pulver in Holzfässern gestapelt. Am 5. November 1605 zur Parlamentseröffnung wollte man sie dann zur Explosion bringen.

War das Attentat gelungen, sollte das katholische englische Regiment aus den Niederlanden schnellstmöglich nach England übersetzen um den Kern einer dann aufzustellenden katholischen Armee zu bilden.

Die Führer der Rebellion sollten sich unter dem Vorwand sich zu einer Jagd zu treffen, in Dunchurch in der Grafschaft Warwickshire versammeln.

Die Regierung und der Hof waren aber schon gewarnt. Zu offen hatten katholische Kreise in Paris über bevorstehende gewaltsame Veränderungen in England gesprochen.

In einer Warnung an die englische Regierung wurde gesagt, dass ein Unternehmen »dieser Heuchler und Verzweifelten«, so wurden seinerzeit die Katholiken bezeichnet, unmittelbar bevorsteht.

Der wohl entscheidende Hinweis kam von einem katholischen Lord, der den Attentätern sehr nahe stand, vielleicht aber kalte Füße bekommen hatte. Es handelte sich um William Parker, 4. Baron Monteagle.

Dieser hatte ein anonymes Schreiben erhalten, in dem ihm nahe gelegt wurde, die Parlamentseröffnung unter irgendeinem Vorwand zu meiden. Mit diesem Schreiben ging er zu dem zuständigen Minister.

Obwohl den Verschwörern bekannt wurde, dass ihre Anschlagsabsicht durchgedrungen war, machten sie weiter, nachdem Guy Fawkes ihnen versicherte, dass er sich davon überzeugt habe, dass das Pulver für die Mine bislang unangetastet war.

Am Abend vor der Parlamentseröffnung wurden die Kellerräume durchsucht. Unter Holz und Reisig entdeckte man die Pulverfässer. Außerdem wurde dort Guy Fawkes, der mit den letzten Vorbereitungen der Sprengung beschäftigt war, von Friedensrichter Knyvet ergriffen.
 Er gab unumwunden seine Absichten zu, denn er sah in diesem Anschlag seine religiöse Pflicht.

Die anderen Verschwörer erfuhren, dass ihr Attentatsversuch aufgedeckt worden war. Sie machten sich eiligst zu ihrem Treffpunkt in Dunchurch auf.
Es waren noch etwa 100 Männer, die dort zusammen kamen. Sie hatten vor, sich nach Wales durchzuschlagen, denn dort lebten die meisten Katholiken. Auf dem Weg dorthin hofften sie auf Verstärkung aus der katholischen Bevölkerung.
Aber niemand schloss sich ihnen an. Die Schar wurde sogar immer kleiner, weil sich etliche der Verschwörer seitwärts in die Büsche schlugen.
Bei Holbeach wurde der Rest der Verschwörer vom High Sheriff der Grafschaft Worcester Sir Richard Walsh und dessen bewaffneten Begleitern gestellt. Bei dem Feuergefecht wurden Percy, Catesby und die Brüder Wright getötet. Thomas Winter wurde gefangen genommen.

Guy Fawkes hatte seine Attentatsabsichten zwar sofort

zugegeben, seine Mitverschworenen verriet er aber erst unter der Folter.

Am 30. Januar 1606 wurden die ersten Todesurteile vollstreckt. Wie es zu dieser Zeit üblich war, natürlich öffentlich.
Hingerichtet wurden Sir Everard Digby, Robert Winter, John Grant und Thomas Bates. Diese Hinrichtungen fanden an der Westseite der St. Pauls Kathedrale statt.

Am nächsten Tage erlitten Thomas Winter, Ambrose Rokewood, Robert Keyes und Guy Fawkes das gleiche Schicksal.
Diesmal fanden die Hinrichtungen im alten Palasthof von Westminster statt.
Guy Fawkes verkürzte die ihm zugedachten Qualen dadurch, dass er, kurz bevor man ihn am Galgen hochzog, kopfüber vom Galgenpodest sprang und sich dabei das Genick brach.
Die Hinrichtungen in dieser Zeit waren meist mit unmenschlichen Qualen für die Verurteilten verbunden.
Bei den hier in Rede stehenden Todesurteilen war das Procedere folgendes: Die Delinquenten wurden am Galgen hochgezogen und blieben dort hängen bis sie bewusstlos waren. Dann wurde ihnen die Bauchdecke aufgeschlitzt und die Eingeweide herausgerissen. Zum Schluss wurden die Körper der Verurteilten geviertelt.

Diese Pulververschwörung wirkt bis heute nach und hat auch eine gesellige Tradition begründet. Jedes Jahr am 5. November wird das Scheitern des Anschlages gefeiert, mit Straßenumzügen, mit der Verbrennung einer Guy-Fawkes-Puppe und einem Feuerwerk.

Genannt wird diese Nacht auch Bonfire Night oder Fireworks Night.
Weil es immer wieder zu diesem Anlass Verletzte gibt, wurde 2004 eigens dafür ein Gesetz erlassen, mit dem Titel Fireworks Regulations.

In England, wo ja ein spezieller Humor zu Hause ist, kann man übrigens immer wieder hören, dass Guy Fawkes der einzige Mann war, der jemals mit ehrlichen Absichten ins Parlament gegangen sei.

Nach 400 Jahren ist Guy Fawkes wieder sehr aktuell. In Umfragen rangiert er im Bewusstsein der britischen Bevölkerung derzeit unter den für besonders wichtig gehaltenen 100 Briten auf Platz 30.

In dem Comic-Film »V wie Vendetta« tritt die Hauptfigur in einem Guy-Fawkes-Kostüm auf. Die in diesem Film verwendete Guy-Fawkes-Maske wird von der im Internet tätigen Hacker-Gruppe »Anonymus« bei öffentlichen Auftritten als Verhüllung getragen und dient im Verkehr untereinander als Erkennungszeichen.
Auch die Gegner des Urheberrechtsabkommens Acta, die in diesem angestrebten Gesetz einen Versuch zur Zensur des Internets sehen, benutzen Guy-Fawkes-Masken.

Es scheint, dass der Name Guy Fawkes zunehmend zum Synonym für den Widerstand gegen staatliche Bevormundung, Überwachung und Zensur wird.

Literaturhinweis:

Ranke, Leopold von, o.J.: Weltgeschichte, Englische Geschichte Bd. I. Wien-Hamburg-Zürich: Gutenberg-Verlag Christensen u. Co.

Prof. Trevelyan, George Macaulay, 1935: Geschichte Englands Bd. II. München und Berlin: Verlag von R. Oldenbourg

Wikipedia

Robert Bruce – ein schottischer König

Vortrag von Bruder Wolfgang Glauche

Robert Bruce lebte vom 11. Juli 1274 bis zum 7. Juni 1329. König von Schottland war er seit 1306.

Er war einer der bedeutendsten Herrscher des Königreiches Schottland.

Geboren wurde er als Sohn von Robert Bruce, Earl of Carrick und Marjorie, Countess of Carrick.

Die Legende will wissen, dass Roberts Mutter seinen Vater so lange gefangen hielt, bis dieser bereit war, sie zu heiraten.

Seine Mutter hinterließ ihm das kleine gälische Fürstentum Carrick in der Grafschaft Ayrshire.

Durch seinen Vater konnte er auf seine Abstammung von einer königlichen Linie verweisen, was ihm später ermöglichte, auf den Königsthron Anspruch zu erheben.

Sein Geburtsdatum ist nachgewiesen, nicht aber der Geburtsort.

Es wird angenommen, dass er entweder in Turnberry in Ayrshire oder in Lochmaben in Dumfriesschire das Licht der Welt erblickte.

Über seine Kindheit und seine Jugendjahre ist wenig bekannt. Vermutlich wuchs er nicht bei seinen Eltern auf, denn zu dieser Zeit war es bei Familien von Stand vielfach üblich, die Kinder in anderen Familien in der Umgebung aufziehen zu lassen.

Robert Bruce soll mehrere Sprachen gesprochen haben, und zwar Gälisch, Normand (ein normannischer Dialekt des Französischen), Latein und Englisch.

Sein Großvater, ebenfalls Robert Bruce genannt, 5. Lord of Amandale und erfolgloser Thronanwärter, übertrug seinen

Titel auf Roberts Vater. Dieser übertrug nach dem Tod seiner Frau Marjorie den Titel des Earl of Carrick auf Robert Bruce.

Vater und Sohn Bruce verbündeten sich mit dem englischen König Edward I. gegen John Balliol, den Regenten von Schottland.

Die Vorgeschichte dazu ist folgende:

König Alexander III. kam bei einem Sturz vom Pferd am 19. März 1286 ums Leben. Seine Söhne, die ihm hätten nachfolgen können, waren aber schon lange vor ihm gestorben. Nur seine erst dreijährige Enkelin Margarete lebte noch, allerdings am norwegischen Hof, weshalb sie auch »Maid of Norway« genannt wurde.

Dieses Kind wurde zur Königin ausgerufen. Bis zur Volljährigkeit sollte ein sechsköpfiger Kronrat, die »Guardians of the Kingdom«, die Regierungsgeschäfte wahrnehmen.

Schon bald gab es aber Streitigkeiten über die Thronfolge. Der Großvater von Robert Bruce erklärte sich zum rechtmäßigen Thronerben, weil seine Familie von König David I. abstammte, einem der frühen Könige Schottlands. James the Steward, wie Bruce ein Mitglied des Kronrates, schlug sich auf seine Seite.

Aus Sorge vor einem sich anbahnenden Bürgerkrieg wandten sich die anderen vier Kronräte an Edward I. von England mit der Bitte, einen Schiedsspruch zu fällen.

Edward I. war mit einer Schwester von Alexander III. verheiratet und somit auch Großonkel von Margarete.

Um seinen Einfluss in Schottland zu erhöhen, verfügte er, dass Margarete nach Schottland geholt wurde, wo sie später mit seinem Sohn verheiratet werden sollte.

Das Kind verstarb aber auf der Überfahrt am 26. September 1290.

Alle bisherigen Planungen waren damit hinfällig. In dem nun folgenden Interregnum erhoben nicht weniger als 13 Anwärter Anspruch auf das Thronerbe.
Erneut wurde König Edward I. um Vermittlung gebeten. Dieser sprach sich für John Balliol aus, weil er bei diesem Bewerber wohl erwartete, dass der sich ihm als besonders dankbar erweisen würde.

Ab dem 17. November 1292 regierte John Balliol Schottland.
Edward I. sah Balliol als seinen Vasallen an und forderte ihn auf, an einem geplanten Kriegszug gegen Frankreich mit einem schottischen Aufgebot teilzunehmen. John Balliol weigerte sich aber und ging stattdessen ein Bündnis mit Frankreich ein, am 23. Oktober 1295.

Im Frühjahr des folgenden Jahres fiel daraufhin ein englisches Heer in Schottland ein und besiegte das ihnen entgegen geschickte schottische Aufgebot.
Am 10. Juli 1296 wurde John Balliol zur Abdankung gezwungen und in den Londoner Tower gebracht, wo er etliche Jahre gefangen gehalten wurde.

Robert Bruce hatte 1295 Isabella of Mar, die Tochter des 6. Earl of Mar geheiratet.
Aus dieser kurzen Ehe, denn Isabella starb bereits 1297, ging eine Tochter mit Namen Marjorie hervor. Diese heiratete 1315 den Truchsess (High Stewart) von Schottland, Walter Stewart.

Ihr am 2. März 1316 geborener Sohn wurde später König Robert II. von Schottland.

Im August 1295 leisteten Vater und Sohn Bruce bei Berwick-upon-Tweed dem englischen König einen Treueschwur. Doch schon kurze Zeit später brach der jüngere Bruce diesen Eid und schloss sich wieder seinen revoltierenden Landsleuten an, die unter Führung von William Wallace und Andrew Moray begannen, die englischen Besatzungstruppen anzugreifen.

1297 gelang den Schotten unter der Führung dieser beiden Männer bei Stirling Bridge eine militärische Überraschung. An dieser Brücke schlugen sie eine vierfach überlegene englische Streitmacht vernichtend.

Robert Bruce war zwischenzeitlich zu einem Waffenstillstand, der »Kapitulation von Irvine«, gezwungen worden. Ihm und den beteiligten schottischen Adligen wurde darin versichert, dass sie nicht gegen ihren Willen in Frankreich dienen müssten.

Außerdem wurde ihnen zugesagt, dass nach einem erneuten Treueschwur ihre bisherigen Gewalttaten vergessen sein sollten.

Derartige »Vergessenheitsklauseln« finden sich übrigens in Verträgen zwischen absoluten Herrschern bis ins 19. Jahrhundert hinein.

Der Bischof von Glasgow, der Truchsess James und Sir Alexander Lindsay übernahmen für Robert Bruce die Bürgschaft, bis dieser, wie es gefordert war, seine kleine Tochter Marjorie, an den königlichen Hof in London als Geisel ausgeliefert hatte.

Nach der Schlacht von Stirling Bridge trat er aber wieder auf die Seite der Schotten über.

Aber schon ein Jahr später wurde William Wallace bei Falkirk von den Engländern vernichtend geschlagen, was hauptsächlich darauf zurückzuführen war, dass ihn der normannische Adel nur halbherzig unterstützte.

Diese Ritter und Lords hatten nämlich meist in Schottland und in England Grundbesitz und fürchteten, diesen zu verlieren.

William Wallace konnte zwar fliehen, wurde aber sieben Jahre später von einem Landsmann verraten.

Er wurde nach London gebracht und nach einem öffentlichen Prozess am 23. August 1305 auf grausamste Art hingerichtet.

Nach Falkirk war William Wallace auch von seinem Amt als »Wächter Schottlands« (Guardian of Scotland) abgetreten.

Dieses Amt, das dem eines Reichsverwesers entsprach, teilten sich jetzt Robert Bruce und John Comyn.

Die Differenzen zwischen den beide waren aber unüberbrückbar. John Comyn war ein Neffe von John Balliol und damit auch ein Anwärter auf den schottischen Thron.

Um den sich erkennbar anbahnenden Konflikt zu entschärfen, wurde William de Lamberton, der Bischof von St. Andrews zum dritten und neutralen Wächter gewählt.

John Bruce trat 1300 von seinem Amt zurück. Für ihn rückte Sir Ingram de Umfraville in das Dreiergremium auf.

Aber schon im Mai 1301 traten de Umfraville, Comyn und Lamberton zurück.

Neuer alleiniger Wächter Schottlands wurde John de Soulis, ein Mann der keinem der verfeindeten Lager angehörte, sich aber für die Wiedereinsetzung von John Balliol als schottischen König einsetzte.

Edward I. begann im Juli 1301 seinen nunmehr sechsten Feldzug gegen Schottland. Er hatte zwar kleinere Erfolge, konnte aber keinen entscheidenden Sieg über die Schotten erringen.

Im Januar 1302 einigten sich beide Parteien auf einen neunmonatigen Waffenstillstand.

Während dieser Zeit unterwarfen sich Robert Bruce und eine Reihe weiterer schottischer Adliger dem englischen König.

Für dieses Taktieren gab es verschiedene Gründe. Robert Bruce wollte seine Gefolgsleute nicht für eine sinnlose Sache sterben lassen.

Es gab Gerüchte, dass John Balliol, der mittlerweile in Frankreich war, mit einem französischen Heer nach Schottland zurückkehren wolle.

Wäre das geschehen, waren alle Träume, schottischer König zu werden, für Robert Bruce ausgeträumt.

Für Edward I. von England war es auch besser, einige schottische Adlige als Verbündete zu haben, denn eine französische Invasion hätte auch ihn in größte Bedrängnis gebracht.

In Writtle bei Chelmsford in Essex heiratete John Bruce Elisabeth de Burgh, Tochter von Richard Og de Burgh, Earl of Ulster, einem engen Vertrauten des englischen Königs. Mit Elisabeth hatte er vier Kinder, den späteren König David II., John, Mathilda und Margaret.

1303 drang Edward I. erneut mit seinem Heer in Schottland ein. Er besetzte Edinburgh und zog dann weiter in Richtung Perth.

Der weitere Weg führte über Dundee, Montrose und Brechin nach Aberdeen.

Schließlich marschierte das englische Heer über Moray und Badenoch zurück nach Dunfermline.

Der englische König kontrollierte jetzt faktisch ganz Schottland.

Das führte dazu, dass sich jetzt alle namhaften schottischen Adligen, mit Ausnahme von William Wallace, dem englischen König unterwarfen.

Die Verhandlungen dazu wurden von John Comyn geführt.

Gesetze und Rechte sollten in Schottland so weiter gelten, wie sie zur Regierungszeit von König Alexander III. bestanden.

Bei künftigen Änderungen wollte Edward I. von England allerdings mitreden.

Robert Bruce und William de Lamberton schlossen am 11. Juni 1304 einen Geheimpakt. Sie wollten die Zeit bis zum Tod von Edward I., der schon im fortgeschrittenen Alter war, abwarten, um dann für Schottlands Freiheit loszuschlagen. Sollte einer von ihnen Verrat üben, hatte er eine Buße von 10 000 Pfund zu zahlen.

Unterdessen ging Edward I. daran, das wehrlose Schottland seinem Königreich einzuverleiben.

Der Adel wurde genötigt, erneut Treue zu schwören.

Außerdem wurden die Personen bestimmt, die mit dem englischen Parlament die Verwaltungsregeln für Schottland aufstellen sollten. Die Macht lag bei den Engländern. Die Schotten hatten zu gehorchen.

Die schottische Regierung führte der Earl of Richmond, ein Neffe des englischen Königs.

Eine Befriedung des englisch-schottischen Verhältnisses wurde so aber nicht erreicht.

Mit der Hinrichtung von William Wallace, wie bereits oben erwähnt, hatte der englische König zusätzlich einen Märtyrer der schottischen Unabhängigkeit geschaffen, was ein weiterer Grund für schottische Aufstände wurde.

Edward I. wollte Robert Bruce im September 1305 seines Amtes als Befehlshaber von Kiltrummy Castle entheben, weil er argwöhnte, dass dieser dabei war, eine Verschwörung anzuzetteln.

Bruce hatte sich nämlich mit John Comyn getroffen, um sich mit ihm zu einigen. Die beiden verständigten sich darauf, sich gegenseitig beim Anspruch auf den schottischen Thron zu unterstützen.

Im Erfolgsfall sollte der Unterstützende die Ländereien des Anderen als Lohn erhalten.

Robert Bruce weilte gerade am englischen Hof, als sein Pakt mit William de Lamberton von einigen Adligen dem englischen König zugetragen wurde. Und auch John Comyn verriet seine Verschwörung mit Robert Bruce an den englischen König.

Vermutet wird, dass er dies tat, um seinen Rivalen auszuschalten.

Robert Bruce war jedoch gewarnt worden und konnte nach Schottland fliehen.

Am 10. Februar 1306 traf er in Dumfries ein. In der dortigen Franziskanerkirche traf er mit John Comyn zusammen.

Es kam zu einer hitzigen Auseinandersetzung wegen des

Verrats, in dessen Verlauf Robert Bruce seinen Dolch zog und John Comyn schwer verletzte.

Nachdem er die Kirche fluchtartig verlassen hatte, ging sein Begleiter Sir Roger de Kirkpatrick nochmals in die Kirche und erstach John Comyn.

Für diesen Mord auf geweihtem Boden wurde Robert Bruce von Papst Clemens V. exkommuniziert.

Der Tod von John Comyn brachte Robert Bruce beim schottischen Adel in große Schwierigkeiten. Auch auf den englischen König konnte er nicht mehr zählen, denn der misstraute ihm endgültig.

Es gab für ihn nur noch die Flucht nach vorn, wenn er seine Ansprüche auf den schottischen Thron behaupten wollte. Deshalb ließ er sich am 25. März 1306 in Scone zum schottischen König krönen.

Nun war er zwar König, aber einer ohne Land.

Vom Adel nämlich, egal ob altgälischer oder normannischer Abstammung, gab es kaum Unterstützung. Sie alle misstrauten ihm, weil er in früheren Zeiten zu stark mit der englischen Krone verbunden war.

Zudem hatte der normannische Adel, wie bereits erwähnt, seine Ländereien meist auf beiden Seiten der Grenze.

Robert Bruce war daher ständig auf der Flucht vor englischen Häschern, die Edward I. losgeschickt hatte, um ihn zu ergreifen.

Im Juni 1306 erlitt Robert Bruce bei Methvon eine Niederlage und im August bei Strathfillan eine weitere.

Seine jüngeren Geschwister und die weiblichen Familienangehörigen schickte er nach Kiltrummy Castle, wo er sie in Sicherheit glaubte.

Im Frühjahr 1307 zog das Heer von Edward I. von England wieder nach Norden. Dabei konfiszierte er alle Güter von Robert Bruce und seiner Gefolgsleute, um sie an seine ihm ergebenen Adligen zu verteilen.

Außerdem ließ er den vom Papst gegen Robert Bruce verhängten Kirchenbann öffentlich ausrufen.

Dann wurde Kiltrummy Castle belagert und schließlich eingenommen.

Elisabeth de Burgh, die Ehefrau von Robert Bruce, seine Tochter Marjorie, seine Schwester Christina und seine jüngeren Brüder fielen in die Hand der Engländer.

Die Brüder wurden von den Engländern hingerichtet.

Robert Bruce selbst suchte sein Heil in der Flucht, die ihn auf abenteuerlichen Wegen auf die Äußeren Hebriden führte.

Von dort kehrte er im Februar 1307 zurück und begann einen Kleinkrieg gegen die Engländer und seine innerschottischen Feinde, um sich sein Königreich zu erobern.

Seine Angriffe, die er meist aus dem Hinterhalt führte, trug er unermüdlich vor.

Er entwickelte in dieser Kampfart, die man heute Guerillataktik nennen würde, eine wahre Meisterschaft.

Damit nötigte er seinen Gegnern großen Respekt ab, was dazu führte, dass die Unterstützung durch den schottischen Adel wuchs.

Außerdem gereichte es ihm zum Vorteil, dass Eduard I. am 7. Juli 1307 starb und sein Nachfolger Eduard II. ein äußerst schwächlicher Herrscher war.

Bei Glen Trool gelang Robert Bruce sein erster Erfolg gegen ein englisches Heer und in der Schlacht von Loudon Hill

bezwang er Aymer de Valence, einen seiner schottischen Gegner.
Nach weiteren siegreichen Kämpfen berief er in St. Andrews seine erste Parlamentssitzung ein.

Trotz des Kirchenbanns erkannte ihn der schottische Klerus im Jahr 1310 auf einer Generalversammlung als König an.
Diese nicht zu unterschätzende Unterstützung verdankte er wahrscheinlich dem Einfluß seines Freundes Bischof de Lamberton.
In den nächsten drei Jahren gelang es, die Engländer aus immer mehr schottischen Orten und Burgen zu vertreiben.
Auch die Isle of Man in der Irischen See wurde von Robert Bruce unterworfen.

Die letzte von den Engländern seit 1304 besetzte Burg in Schottland war Stirling Castle. Sie wurde im Frühjahr 1314 von einem schottischen Heer belagert.
Zum Entsatz dieser Burg hatte Edward II. ein großes Heer aufgestellt, das sich bei Berwick upon Tweed gesammelt hatte und über Coldstream in Richtung Stirling marschierte.

Am 23. Und 24. Juni 1314 kam es zur Schlacht von Bannockburn, welche die endgültige Entscheidung für die schottische Unabhängigkeit brachte.
In dieser Schlacht trugen etwa 5000 schottische Kämpfer aus 21 Clans, vor allem Lanzenträger, den Sieg über cirka 20 000 weitaus besser bewaffnete Engländer davon.
Das englische Heer wurde fast vollständig vernichtet.

Die Schotten waren in der von ihnen entwickelten Schiltron-Formation in die Schlacht gezogen. Diese Gefechtsformation ähnelte stark der antiken griechischen Phalanx. Der Unterschied ist nur der, dass der gebildete Lanzenwall nach allen Seiten zeigt, um Flankenangriffe abwehren zu können.

Diese Kampfart erforderte ein hohes Maß an Übung und Disziplin.

Durch diesen Sieg war die Stellung von Robert Bruce in Schottland unanfechtbar geworden.

Den endgültigen Erfolg und die Anerkennung der schottischen Unabhängigkeit brachte die Deklaration von Arbroath.

Sie ist die älteste bekannte Unabhängigkeitserklärung einer Nation.

Mit ihr wurde am 6. April 1320 die Unabhängigkeit von England proklamiert.

Aber auch gegenüber dem König erklärten die Mächtigen des Landes, dass sie ihn nur unterstützen würden, wenn er die Rechte der Nation bewahrt.

Mit den Unterschriften von 51 schottischen Earls und Baronen wurde sie an Papst Johannes XXII. gesandt, der seit 1316 in Avignon residierte.

In der Deklaration wurde auch erklärt, dass die schottische Unabhängigkeit stets wichtiger sei, als die Person des Königs.

Was die Unterzeichner hier erklärten, kann man nur als zeitlos revolutionär bezeichnen.

Sie haben das Wohl des Vaterlandes, des Staates, über das des Herrschenden beziehungsweise des herrschenden politischen Systems gestellt.

Eine Idee, die auch heute den Inhabern der Macht unangenehm in den Ohren klingen wird, weil auch ihnen bewusst ist, dass die einzige Rechtfertigung für den Staat als Einrichtung und die Politik als sein Werkzeugarsenal das stete tätige Streben nach dem Gemeinwohl ist.

Sie behaupten ja auch stets, die Interessen des Gemeinwesens im Auge zu haben.

Was, wie wir wissen, aber häufig genug nicht den Tatsachen entspricht.

Auf Vermittlung des Papstes kam es am 1. März 1328 im Abkommen von Edinburgh und Northampton zu einem Friedensvertrag zwischen England und Schottland, in dem England auf alle Forderungen gegenüber Schottland verzichtete.

Robert Bruce starb hoch geachtet am 7. Juni 1329 beim Rittergut Cardross in Dunbartonshire.

Er wurde in Dunfermline Abbey begraben. Sein letzter Wille war, dass James Douglas sein Herz entnehmen sollte, um es im Heiligen Land zu bestatten.

Douglas kam aber nur bis Spanien. Er starb dort in der Schlacht von Teba im Kampf gegen die Mauren.

Das Herz von Robert Bruce wurde nach Schottland zurück gebracht und in der Melrose Abbey in Roxburghshire beigesetzt.

Robert Bruce wird bis heute als Nationalheld verehrt. Jedes Jahr gedenkt man der Schlacht von Bannockburn und legt Blumen und Kränze an seinem Denkmal nieder.

Den schottischen Clans, die bei Bannockburn kämpften, hat man in einem jahrhundertealten Marsch ein Denkmal gesetzt. Er beginnt einfach und leise, man meint fast den festen langsamen Schritt der schottischen Schiltrons heraus zu hören, um dann jubilierend den Sieg über die Engländer zu verkünden.

Sein Titel lautet: »Marsch der Soldaten des Robert Bruce«.

Die Legende will zudem wissen, dass 1428, während des Hundertjährigen Krieges, die Jungfrau Johanna zu den Klängen dieses Marsches in Orlèans einzog.

Literaturhinweis:

Wikipedia

Ranke, Leopold von, o.J.: Weltgeschichte Bd. I. Wien-Hamburg-Zürich:
Gutenberg-Verlag Christensen u. Co.

Prof. Trevelyan, George Macaulay, 1935: Geschichte Englands Bd. I. München und Berlin:
Verlag von R. Oldenbourg

Vom gleichen Autor sind bisher erschienen:

Gesiebte Luft oder Mehmet Demirci: 2004.
Books on Demand Norderstedt:
ISBN 3-8334-1135-X

Pro gloria et patria? / Die totale Institution Militär am Beispiel der brandenburgisch-preußischen Armee: 2004.
Books on Demand Norderstedt:
ISBN 3-8334-1209-7

Sie fuhren zur See, Bd. 1: 2005.
Books on Demand Norderstedt:
ISBN 3-8334-2773-6

Vorträge für die Loge: 2010.
Books on Demand Norderstedt:
ISBN 978-3-8391-9551-2